DRESSLER

Mila Sternberg

Emily Pferdeflüsterin

Eine Freundschaft mit Eselsohren

Dressler Verlag Hamburg

MIX
Papier aus verantwortungsvollen Quellen
FSC® C084698

Originalausgabe
1. Auflage

Max-Brauer-Allee 34, 22765 Hamburg

Satz: Arnold & Domnick, Leipzig
Druck und Bindung: PNB Print Ltd., »Jāņsili«, Silakrogs,
Ropažu novads, LV-2133, Lettland
Printed 2020
ISBN 978-3-7915-0146-8

www.dressler-verlag.de

Vorgeschichte

Ein Vermögen

»Paulus?«, fragte Emily. »Warum kann ich kein Pferd haben?«

Emily saß auf dem kuscheligen Teppich vor dem Fernseher und zerlegte einen Mixer in seine Bestandteile.

Ihr Vater lag auf dem Sofa und las. Das heißt, in diesem Moment las er gerade nicht, denn seine Augen waren zum Fernseher gewandert. Dort war eben Applaus aufgebrandet: Ein Kandidat in einer Show hatte es in die nächste Runde geschafft und war dem Preisgeld von einer Million Euro einen Schritt näher gekommen. »Das hätte ich auch gewusst«, murmelte Paulus mit einem Blick auf die am Bildrand eingeblendete richtige Antwort.

»Paulus?«

»Weil wir in einer Wohnung mitten in der Stadt wohnen. Da ist kein Platz für ein Pferd.«

»Okay.«

Emily hatte das Gehäuse des Mixers abgenommen und

betrachtete das Innere. Es war faszinierend. Ähnlich wie das letzte Modell, das sie auseinandergenommen hatte, aber doch ganz anders.

»Wo müssten wir wohnen, damit ich ein Pferd haben kann?«

»In einem Haus. Auf dem Land. Am besten mit einem Stall und Wiesen dabei.«

»Okay.« Je länger Emily auf das Innere des Mixers starrte, desto besser gefiel es ihr. Besonders der Kupferdraht hatte es ihr angetan.

»Warum ziehen wir dann nicht aufs Land in ein Haus mit einem Stall und Wiesen?«

Ihr Vater sah sie an und hob die Augenbrauen. »So ein Haus mit allem Drum und Dran ist teuer, Emmie. So viel Geld haben wir nicht. Leider. Und dann ist da auch noch mein Job.«

»Werden auf dem Land keine Fotografen gebraucht?«

Paulus überlegte kurz. »Doch, ich schätze schon. Aber ich kann es mir nicht leisten, meine Kunden hier aufzugeben.«

»Aber wenn wir Geld hätten, ginge es?«

Emilys Vater seufzte. »Mit Geld geht so einiges.«

»Und wir haben keines.«

»Nicht genug, nein.«

»Und wie bekommen wir so viel Geld, dass wir ein Haus auf dem Land kaufen können? Und ein Pferd? Und du deine Kunden aufgeben kannst?«

Paulus lachte laut auf. »Wir könnten im Lotto gewinnen«, sagte er.

»Die Wahrscheinlichkeit, im Lotto zu gewinnen«, erklärte Emily, ohne ihren Blick von dem zerlegten Mixer zu wenden, »liegt bei eins zu fünfzehn Millionen fünfhundertsiebenunddreißigtausendfünfhundertdreiundsiebzig Komma dreiunddreißig.«

»Oh«, sagte ihr Vater. »Wann hast du das denn ausgerechnet?«

Emily zuckte mit den Schultern. »Das war so eine Aufgabe aus dem Internet.«

»Okay«, sagte Paulus diesmal. »Dann spiele ich also kein Lotto.« Er warf erneut einen Blick auf den Fernseher, wo ein Mann gerade jubelnd die Hände in die Luft warf. »Dann bleibt nur eins: Ich spiele bei einer dieser Shows mit!« Er deutete auf den Fernseher.

»Was für Shows?«, fragte Emily. Zum ersten Mal blickte sie von dem Mixer auf und sah ihren Vater an.

»Na, so was wie das da! Der Glückspilz da hat gerade ein Vermögen gewonnen!«

Seine Hand deutete immer noch auf den Fernseher, und

Emilys Augen folgten der Richtung, die sein Arm vorgab. Auf dem Bildschirm war ein Mann zu sehen, der beim Lachen sehr viele Zähne zeigte.

»Was muss man denn können, um ein Vermögen zu gewinnen?«

»Das kommt auf die Show an«, erklärte ihr Vater. »In manchen Shows muss man ein besonderes Talent zeigen, in manchen Fragen beantworten oder Aufgaben lösen.«

Emily überlegte einen Augenblick. »Ich glaube, es ist besser, *ich* mache bei so einer Show mit, nicht du«, sagte sie dann.

Paulus lachte erneut. »Aha«, sagte er. »Und warum?«

»Weil ich ein besonderes Talent *habe.*«

Paulus öffnete den Mund, um etwas zu sagen, und überlegte es sich dann wieder anders.

Emily starrte auf den Fernseher. Der Mann hüpfte über die Bühne. Eben stürmte eine Frau auf ihn zu und umarmte ihn.

Emily schüttelte sich. »Muss man sich von der Frau umarmen lassen, wenn man gewinnt?«, fragte sie.

Paulus lächelte. »Nein«, antwortete er. »*Ich* würde dich wahrscheinlich umarmen, wenn du gewinnst.«

Emily überlegte kurz. »Das geht«, meinte sie dann.

8 Monate später

Das beste Pferd

Freitag, 08:07, Pferdehof Glockenbach, Stall.

»Die hier sind zum Verkauf«, sagte die Frau mit dem Pferdeschwanz und der lauten Stimme. Sie schien die Stallbesitzerin zu sein. »Ist Ihre Tochter Freizeitreiterin oder braucht sie ein Turnierpferd?«

Paulus warf einen Blick zu Emily, die vor einer Box stehen geblieben war und ein ziemlich klein gewachsenes mittelbraunes Pferd betrachtete, das mit dem Hinterteil zu ihr stand. »Meine Tochter ist eigentlich gar keine Reiterin«, sagte er. »Sie möchte einfach nur ein Pferd.«

Die Frau mit dem Pferdeschwanz zog die Augenbrauen hoch. »Für ein Kuscheltier ist ein Pferd ein bisschen groß«, meinte sie. »Und ein bisschen teuer.«

Ein Mann mit einer Schubkarre kam ihnen durch die Stallgasse entgegen. »Hey, Mädel«, sagte er. Emily reagierte nicht und starrte weiter das Pferd an.

»Entschuldigung«, sagte Paulus hastig zu dem Mann und wandte sich dann Emily zu. »Em, Schatz, kannst du bitte aus dem Weg gehen? Der Mann muss in die Box da!«

Emily blickte auf und der Mann erstarrte. »Ich kenn dich!«, rief er, nahm eine Hand vom Griff der Schubkarre und deutete damit auf Emily. »Du bist das kleine Mathegenie, stimmt's?«

Emily antwortete nicht, aber das störte den Mann nicht weiter. »Ich weiß es genau, diese blauen Kulleraugen vergisst man nicht! Du hast in dieser Talentshow im Fernsehen ein Vermögen gewonnen!«

Paulus stellte sich zwischen seine Tochter und den Mann mit der Schubkarre und sagte freundlich: »Ja, das ist Emily. Sie hat eine außerordentliche Begabung für Zahlen.«

»Na, da haben Sie ja Schwein gehabt«, meinte der Mann und lachte. »Meine Kinder sind schon groß, aber die bringen mir keine Millionen nach Hause.« Sein Blick wanderte von Paulus zu Emily und wieder zurück. »Von Ihnen hat die Kleine die blauen Augen aber nicht!«

»Nein«, sagte Paulus. Seine Stimme klang jetzt nicht mehr ganz so freundlich. »Sie hat die Augen ihrer Mutter.«

»Das reicht jetzt, Max!« Die Stimme der Frau mit dem Pferdeschwanz schnitt durch die entstandene Stille. Der Mann öffnete ohne ein weiteres Wort die Tür der nächsten Box, griff nach einer Mistschaufel, fuhr die Karre rückwärts hinein und ließ sie in der Öffnung stehen, während er den Mist hineinschaufelte. Emily beobachtete ihn genau. Sie fand, dass er das sehr geschickt machte. Wie praktisch, die Schubkarre in der Tür stehen zu lassen, damit das Pferd nicht weglaufen konnte! Außerdem ersparte man sich, die Tür ein weiteres Mal zu öffnen und wieder zu schließen.

Die Stute hatte sich jetzt zu Emily umgewandt und betrachtete sie. Emily blickte zurück.

Paulus lachte ein wenig unsicher. »Ich hoffe, Sie denken jetzt nicht, dass Geld keine Rolle spielt«, sagte er zu der Frau mit dem Pferdeschwanz. »Wir haben eben erst ein Haus gekauft und ich spare für die Ausbildung meiner Tochter …«

»Keine Angst«, meinte die Frau lächelnd. »Dass Sie kein Pferdekenner sind, hab ich mir schon gedacht. Aber ich übervorteile meine Käufer nicht. Auf lange Sicht bringt das nichts. Außer einem schlechten Ruf.«

»Gut zu wissen«, meinte Paulus mit einem Seufzer.

»Das ist mein Pferd«, sagte Emily unvermittelt.

Paulus und die Frau mit dem Pferdeschwanz sahen sich zu ihr um. Die Frau runzelte die Stirn, und Paulus sagte: »Aber Em, du hast doch noch gar nicht alle Pferde gesehen!«

»Ich muss ja auch nicht alle sehen«, sagte Emily. »Wenn ich doch meines schon habe.«

»Von der Stute würde ich dir abraten«, sagte die Frau. »Sie ist etwas unberechenbar. Wahrscheinlich ein Weideunfall. Araber-Isländer-Mischling, wenn ich den Dokumenten glauben darf.« Die Hofbesitzerin zog eine kleine Grimasse. »Obwohl ich das mit dem Araber bezweifle. Aber wer weiß. Die Isländer-Gene haben sich jedenfalls durchgesetzt. Wir wissen nicht viel über ihre Herkunft. Haben sie ursprünglich beim Kinderreiten eingesetzt, aber sie hat gebuckelt und …«

»Wurde sie verletzt?«, unterbrach Emily. »Bei dem Unfall?«

Die Frau sah sie an und wusste ganz offensichtlich nicht, was Emily meinte.

Paulus wurde rot. »Schatz, ich glaube, das Wort *Weideunfall* bedeutet, dass eine Stute und ein Hengst ein Fohlen gezeugt haben, ohne dass es geplant war.«

Die Augenbrauen der Frau waren jetzt sehr hoch oben auf ihrer Stirn. »Vorsichtig ausgedrückt«, fügte sie hinzu.

»Jedenfalls ist das Pferd nichts für dich«, sagte Paulus schnell. »Es buckelt und ist unberechenbar.«

»Was kostet sie?«, fragte Emily, als hätte Paulus gar nichts gesagt.

»Emily …«

»Wir haben doch genug Geld?«

»Ja, schon, aber …«

»Dann kaufen wir sie.«

»Em …!«

Emily richtete ihre strahlend blauen Augen auf ihren Vater. »Papa«, sagte sie. »Das ist das beste Pferd für mich. Wirklich.«

»Von wegen Genie«, murmelte Max, der eben die Schubkarre wieder aus der Box schob. »Könnte jedes Pferd im Stall haben und sucht sich ausgerechnet …«

»Max!«, fuhr erneut die scharfe Stimme der Frau mit dem Pferdeschwanz dazwischen. »Ich glaube, du bist hier fertig.« Max klappte seinen Mund fest zu und lenkte seine Schubkarre zur nächsten Box.

»Für dieses Pferd«, sagte die Stallbesitzerin zu Paulus, »kann ich sowieso nicht viel verlangen. Jedenfalls nicht mehr als der Metzger …«

Paulus räusperte sich und die Frau brach ab.

»Soll das Pferd denn hier auf dem Hof bleiben?«, fragte sie dann und fügte noch hinzu: »Sie wissen doch, dass Pferde Herdentiere sind?«

Natürlich wusste Emily das. Das Pferd durfte nicht allein bleiben. Aber Paulus' gerunzelte Stirn zeigte deutlich, dass er noch etwas Zeit brauchen würde, um auch zu diesem Schluss zu kommen.

»Dann lassen wir sie also besser hier?« Er warf einen forschenden Blick zu Emily. »Ist das okay, Em?«

Emily wusste, warum ihr Vater fragte. Im Reitstall herrschte bestimmt jede Menge Betrieb. Menschen, die Fragen stellten und Antworten erwarteten. Meistens war Emily mittags schon erschöpft vom unvermeidlichen Reden in der Schule und wollte dann allein sein.

»Wie heißt sie?«, fragte Emily.

»Runa«, sagte die Frau. »Ist irgendwas Isländisches, ich weiß nicht, was es heißt. Überhaupt habe ich mit Islandpferden nicht viel am Hut. Ich wollte einfach nur ein Pony für die Kinderstunden.«

Die Stimme der Frau klang irgendwie beleidigt. Sie schien es persönlich zu nehmen, dass Runa nicht so funktionierte, wie sie es erwartet hatte.

Emily wandte sich wieder dem Pferd zu. Sie streckte nicht die Hand nach der Stute aus, sondern ließ einfach nur ihre Augen in denen des Pferdes versinken.

»Runa«, sagte sie.

Erst einige Sekunden später antwortete Emily auf die Frage ihres Vaters. »Natürlich bleibt sie hier. Ich werde sie einfach jeden Tag besuchen.«

Die Frau zog fragend die Augenbrauen hoch und Paulus zuckte mit den Schultern. »Sie haben sie gehört«, meinte er mit einem kleinen Lächeln.

*

Samstag, 10:16, Pferdehof Glockenbach, Koppel.

Runa bedeutete treue Freundin, enge Vertraute. Oder Zauber, Geheimnis auf Isländisch. Emily mochte beide Erklärungen. Lautlos formte sie den Namen mit ihren Lippen. *Runa.*

Emily saß auf dem oberen Querbalken des Koppelzauns, nur wenige Meter entfernt von der Stelle, an der Runa stand und graste. Allein, abseits der Herde, fast so, als hätte sie einen unsichtbaren Kreis um sich gezogen, der die anderen Pferde fernhielt.

»Ich kenne das«, sagte Emily halblaut.

Aus dem Augenwinkel bemerkte sie, dass sie beobachtet wurde. Die Stallbesitzerin stand am Gatter und redete mit einer anderen Frau, ihr Blick wanderte dabei immer wieder zu Emily und Runa. Emily nahm an, dass die beiden über sie sprachen. Darüber, dass sie darauf bestanden hatte, ihr Pferd draußen auf der Koppel zu besuchen, statt es auf den

Sattelplatz zu bringen. Sie wollte nicht reiten lernen, sie wollte auch nicht lernen, wie man Runa zäumte und sattelte. Sie wollte einfach nur in ihrer Nähe sein.

»Wenn sie die Pferde nicht verrückt macht«, hatte die Stallbesitzerin gesagt, »dann meinetwegen.«

»Meine Tochter hat ein gutes Gespür für Tiere«, hatte Paulus geantwortet. »Keine Sorge.«

Vor ein paar Jahren hatten Paulus und sie Urlaub auf einem Bauernhof in Österreich gemacht und auch da hatte es Pferde gegeben. Sie waren eine Woche dort gewesen und es hatte die meiste Zeit geregnet. Die anderen Gäste hatten

sich nonstop über das Wetter beklagt, aber für Emily war es ein toller Urlaub gewesen. Sie hatte Stunden um Stunden auf der Koppel zugebracht, allein mit den Pferden. In ihrem gelben Regenmantel und ihren roten Gummistiefeln hatte sie damals auf dem Zaun gehockt, bis Paulus sie irgendwann beinahe mit Gewalt ins Haus holen musste.

»Was machst du denn bloß da draußen?«, hatte er kopfschüttelnd gefragt.

»Ich lerne Pferdesprache.«

Je öfter sie bei den Tieren auf der Weide gewesen war, desto klarer war ihr geworden, was ein Schubsen, ein Knabbern oder ein Hochreißen des Kopfes bedeutete. Wie sie ein Schnauben, Scharren oder Wiehern übersetzen musste. Und manchmal, wenn Emily sich den Pferden ganz nah

gefühlt hatte, waren plötzlich diese Bilder in ihrem Kopf aufgetaucht, wie Gedankenpostkarten. Das hatte gar nichts Erschreckendes gehabt, sie war nicht einmal richtig überrascht gewesen. Sie hatte diese Pferdegedanken einfach zur Kenntnis genommen. Sie so vorsichtig aufgefangen, als wären es Seifenblasen, sie ein wenig auf sich wirken und dann weiterfliegen lassen.

Doch ihr eigenes Pferd hatte bis jetzt kaum eine Seifenblase in ihre Richtung geschickt.

»Runa.« Diesmal sagte Emily den Namen ihrer Stute halblaut und dachte ihn nicht nur. Die Stute hob den Kopf und sah sie an. »Du brauchst die anderen«, flüsterte Emily. »Warum lässt du sie nicht in deinen Zauberkreis?« Runa sah sie lange an, als wollte sie sagen: *Das könnte ich dich genauso fragen.* Dann senkte die Stute den Kopf und graste weiter.

Fünf, vier, drei, zwei, eins

Montag, 08:36, Schule, Emilys Klassenzimmer.

In dieser Klasse saßen weniger Kinder als in Emilys alter Schule, aber es waren immer noch viel zu viele. Bis unmittelbar vor Beginn der ersten Stunde hatte Emily sich auf der Toilette versteckt, um mit niemandem sprechen zu müssen. Erst in der Stille der Unterrichtsstunde hatte sie begonnen, den einen oder anderen unauffälligen Blick über die Bänke gleiten zu lassen. Sie stellte sich vor, am ersten Schultag wäre nur die Lehrerin da, vielleicht noch ein anderes Kind. Am zweiten Tag würde ein weiteres Kind hinzukommen. Dann noch eines und immer so weiter. An fünfundzwanzig Tagen je ein Schüler, anstatt alle fünfundzwanzig an einem Tag. Emily seufzte lautlos bei diesem Wunschbild.

Die Klassenlehrerin hieß Irene Paulsen. Sie hatte sehr glattes, blondes Haar, das im Nacken zu einem Knoten gesteckt war. Auch der Pony war lang und glatt und erreichte fast ihre Augen. Die rote Narbe, die von der Augenbraue über die Schläfe und dann in einer wilden Zacke bis zur rechten Wange verlief, war trotzdem unübersehbar.

»Emily«, sagte Frau Paulsen freundlich. »Kannst du meine Frage beantworten?«

»Ich weiß nicht«, antwortete Emily wahrheitsgemäß. »Ich habe die Frage nicht gehört.«

Ein paar Kinder kicherten, und Frau Paulsen versuchte, streng zu schauen, was ihr nicht ganz gelang.

»Und warum hast du sie nicht gehört?«, fragte sie weiter.

»Ich habe nachgedacht«, erklärte Emily.

Die Mundwinkel von Frau Paulsen zuckten. In der letzten Bank prustete ein Junge los und steckte ein paar andere Kinder damit an. Es wurde unruhig in der Klasse.

»Und *worüber* hast du nachgedacht?«, fragte Frau Paulsen. »Hatte es wenigstens entfernt mit Erich Kästner zu tun?«

»Nein«, antwortete Emily. »Ich habe darüber nachgedacht, dass Sie wie eine Ballerina aus Porzellan aussehen würden ohne diese rote Narbe im Gesicht.«

Das Gekicher verstummte, es wurde still in der Klasse. In Frau Paulsens Gesicht stieg eine so dunkle Röte, dass die Narbe sich nur noch sehr wenig davon abhob. Sie schluckte und sagte dann: »Es wäre schön, wenn du dich mit dem beschäftigen könntest, was wir gerade durchnehmen.«

»Ist gut«, sagte Emily.

In der Pause öffnete Emily ihre Brotbox. Sieben Rosinen. Sechs Karottenstücke. Fünf Stück Gurke. Vier Erdbeeren. Drei Apfelspalten. Zwei Datteln. Ein Müsliriegel. Sie sah auf einen Blick, was Paulus sich heute ausgedacht hatte. Unter dem Müsliriegel steckte ein Zettel, auf den Paulus ein Pferd mit einer Denkblase gezeichnet hatte. In der Denkblase war eine große Karotte zu sehen, und das Pferd lächelte. Emily lächelte auch.

»Kannst du Frau Paulsen nicht leiden?«

Emily blickte auf. Vor ihr stand ein Mädchen mit braunen lockigen Haaren und sah sie ernst an.

Emily runzelte die Stirn. »Ich kenne sie doch noch gar nicht«, sagte sie. »Heute ist mein erster Tag.«

»Eben«, meinte das Mädchen. »Die meisten würden nicht gleich am ersten Tag so was Fieses zu ihrer Lehrerin sagen.«

»Hab ich das?« Emily dachte nach. Sie hatte der Lehrerin zur Begrüßung nicht die Hand geschüttelt. Aber sie war ziemlich sicher, Paulus hatte erklärt, dass es ihr einfach unangenehm war, fremde Menschen zu berühren. Sie konnte sich nicht erinnern, etwas Gemeines gesagt zu haben, aber sie wusste, dass sie das manchmal tat, ohne es zu merken. »Was war es?«, fragte sie das Mädchen. »Muss ich mich entschuldigen?« Paulus hatte ihr erklärt, dass man sich für manche Dinge entschuldigen musste, aber es fiel ihr schwer, zu erkennen, welche das waren.

Das Mädchen sah sie neugierig an. »Du hast wirklich keine Ahnung, oder?«

Emily schüttelte den Kopf.

»Was du über ihre Narbe gesagt hast. Dass sie ohne die Narbe wie eine schöne Ballerina aussähe oder so ähnlich.«

»Oh.« Emily hatte es gesagt, weil es ihr aufgefallen war. Es *war* auffällig. Es war die auffälligste Sache an ihrer Lehrerin. Eigentlich fand Emily die Narbe schön. Sie sah beinahe aus wie ein roter Blitz und gab der Lehrerin etwas Unverwechselbares.

Emily seufzte. Es war so schwierig, alles richtig zu machen. »Was hätte ich antworten sollen?«, fragte sie das Mädchen. »Sie hat mich gefragt, worüber ich nachgedacht habe.«

Das Mädchen zuckte mit den Schultern. »Du hättest dich einfach entschuldigen können, weil du nicht aufgepasst hast. Man muss nicht immer so schrecklich ehrlich sein.«

So etwas Ähnliches hatte Paulus auch schon gesagt.

»Ich bin übrigens Lea«, fügte das Mädchen hinzu. Ihre braunen Augen hatten grüne und goldene Sprenkel.

»Und ich bin Emily.«

»Die ehrliche Emily«, sagte Lea und lachte. »Du wolltest wohl wirklich nicht gemein sein.«

»Nein«, antwortete Emily und schüttelte erneut den Kopf. »Ich will eigentlich nie gemein sein. Es passiert mir nur.«

»Verstehe.« Lea runzelte die Stirn. »Dann hast du keine Antennen für so was?«

»Genau.« Emily hielt immer noch Paulus' Zeichnung in der Hand und Leas Blick fiel auf das gezeichnete Pferd.

»Das ist ja süß!«

»Ja.« Emilys Lächeln kehrte zurück. »Das ist mein Pferd. Paulus hat sie für mich gezeichnet.«

»Paulus?«

»Das ist mein Vater.«

Lea sah sie verwirrt an. »Wieso nennst du ihn dann nicht Papa?«

»Weil Papa nicht sein Name ist«, sagte Emily. »Er sagt ja auch nicht Kind zu mir. Oder Tochter.«

»Und Papas gibt es viele«, sagte Lea und lachte. »Aber nur einen Paulus.«

»Genau.« Lea begriff eindeutig schneller als die meisten anderen Kinder.

»Wie heißt dein Pferd denn?«, fragte Lea weiter.

»Runa.«

Lea bekam große, runde Augen: »*Du* bist das Mädchen, das Runa gekauft hat!«, rief sie. »Mein Pferd steht in demselben Stall.«

Emily blickte auf den Inhalt ihrer Brotbox. »Ich würde jetzt gern meine Karotte und meine Rosinen essen«, sagte sie. »Allein. Wenn das geht.«

Lea hatte eben den Mund geöffnet, um Emily noch eine Frage zu stellen, und vergaß nun, ihn zuzuklappen. Dann lachte sie laut auf. »Iss deine Karotte. Und die Rosinen. Vielleicht gehen wir ja mal zusammen ausreiten.« Sie sah Emily erwartungsvoll an.

Emily hatte nicht die Absicht, auf Runa zu reiten. Aber das behielt sie lieber für sich, um auch bestimmt nichts Falsches zu sagen. Schließlich lachte Lea erneut auf und schüttelte den Kopf. »Du bist echt 'ne Nummer«, meinte sie und verabschiedete sich mit einem Fingerwinken.

Emily nahm den Zettel, steckte ihn ins Geheimfach ihres

Schulrucksacks und sah auf die Uhr. Noch sieben Minuten Pause. Sie nahm ihr Matheheft und ihr Mathebuch aus dem Rucksack und legte beides übereinander auf den Tisch, Kante an Kante, links von der Brotbox. Dann öffnete sie ihre Federtasche, wählte Bleistift, Radiergummi und Füller und legte alles in die Stifterinne des Tisches.

Nun war sie für die nächste Stunde vorbereitet und konnte ihre volle Aufmerksamkeit dem Obst und Gemüse in der blauen Plastikbox zuwenden. Es fühlte sich irgendwie falsch an, alle Rosinen auf einmal in den Mund zu stecken. Also aß sie eine einzelne Rosine, sodass die Anzahl der Rosinen und der Karottenstücke nun gleich war. Sie aß noch eine Rosine und ein Karottenstück. Nun hatte sie fünf Rosinen und je fünf Gurken- und Karottenstücke. Den Müsliriegel legte sie erst mal beiseite und betrachtete liebevoll die zwei Erdbeeren, die als Nächstes drankamen. Und die Apfelspalten.

Plötzlich standen zwei Jungen vor ihr, einer groß mit kurzen dunklen Haaren, der andere kleiner und blond. Sie saßen in der letzten Bank nebeneinander und hießen Ben und Anton, das hatte Emily sich gemerkt.

»Mit Essen spielt man nicht!«, sagte Ben, was Anton offenbar sehr witzig fand, denn er lachte laut.

»Ich spiele nicht damit.«

»Sieht aber so aus«, gab Ben zurück. »Sieht aus, als wolltest du Monopoly damit spielen. Ich biete fünfhundert für die Gurkenstraße. Und dann würde ich gern ein Rosinenhotel draufstellen.«

»Hast du nicht gerade gesagt, mit Essen spielt man nicht?«

Anton lachte erneut, was ihm diesmal einen ärgerlichen Blick einbrachte.

»Hast du nicht gesagt, mit Essen spielt man nicht?«, äffte Ben sie nach.

Emily sah ihn an, um herauszufinden, was der Junge eigentlich wollte. Er wich ihrem Blick aus.

»Pass auf, dein Buch!«, rief er dann plötzlich, und als sie unwillkürlich einen Blick zu ihrem Mathebuch warf, nahm er die Brotbox, klappte sie zu und schüttelte den Inhalt durcheinander. Die beiden Jungs kriegten sich gar nicht mehr ein vor Lachen. Selbst als sie schon wieder bei ihren Plätzen angelangt waren, lachten sie noch.

Emily wollte gerade anfangen, ihr Essen neu zu ordnen, als Lea wieder auftauchte. »Ben macht sich bloß wichtig«, sagte sie. »Vergiss es einfach.«

Emily nickte. In ihrer alten Klasse hatte es auch einen Ben gegeben. Und im Kindergarten auch.

»Darf ich eine Erdbeere haben?«

Emily starrte Lea an. Es war nicht so, dass sie nicht teilen konnte. Aber sie hatte schon genau festgelegt, in welcher Reihenfolge sie alles essen wollte, und sich so schnell umzustellen, war schwierig für Emily.

»Ist schon gut«, sagte Lea und lachte. »Sorry. Ich liebe bloß Erdbeeren.« Sie wandte sich ab und ging auf ihre eigene Bank zu.

»Hey! Lea!«

Überrascht drehte das Mädchen sich um. Emily hielt ihr auf dem flachen Handteller eine Erdbeere hin.

»Danke!«, sagte Lea. Sie nahm die Erdbeere vorsichtig von Emilys Hand, ohne Emily dabei zu berühren.

Antennen, dachte Emily, kehrte an ihren Platz zurück und atmete erleichtert auf. Das war gar nicht so schwierig gewesen.

Der Mathelehrer hieß Herr Buchholz und hatte eine angenehm ruhige Stimme, die nicht beim Lesen störte. Eben schrieb er eine Textaufgabe an die Tafel – eigentlich die idealen Bedingungen für Emily, in ihrem Buch weiterzulesen. Dummerweise waren es für Ben und Anton auch die idealen Bedingungen, sich gegenseitig mit zusammengeknülltem Butterbrotpapier zu bewerfen.

»Ben und Anton!«, rief Herr Buchholz ärgerlich. »Was ist denn dahinten los?«

»Wir haben uns nur über diese Aufgabe unterhalten«, erklärte Ben unschuldig.

»Dann bist du ja jetzt bestens darauf vorbereitet, sie an der Tafel zu lösen!«, antwortete Herr Buchholz gelassen.

»Das ist so unfair!«, begehrte Ben auf.

»Ja, voll unfair!«, echote Anton.

»Warum immer ich?«, fuhr Ben fort. »Wenn die Neue in ihrem Buch liest, sagt auch keiner was!«

Der Blick des Lehrers wanderte von Ben zu Emily. Sie seufzte. Dass sie in einem Buch las, störte ja nun wirklich nicht den Unterricht!

»Emily«, sagte der Lehrer beinahe entschuldigend. »Würdest du bitte an die Tafel kommen und die Aufgabe lösen?«

Emily war in ihrem Buch an einer sehr spannenden Stelle angelangt und hatte keine Lust, zu unterbrechen.

»Oder habt ihr das an deiner alten Schule noch nicht durchgenommen?«, fragte Herr Buchholz, als er ihr Zögern bemerkte.

Emily runzelte die Stirn und warf einen Blick an die Tafel. »Ich glaube nicht«, meinte sie und legte ihr Lesezeichen in das Buch. Sie erinnerte sich nur undeutlich an den Matheunterricht in der alten Schule. Dafür wusste sie noch genau, welche Bücher sie währenddessen gelesen hatte.

»Dann soll vielleicht doch lieber Ben …«

Aber Emily war schon auf dem Weg nach vorn. Wortlos streckte sie die Hand nach dem Kreidestück aus und begann zu kritzeln.

Einen Augenblick lang war sie in Versuchung gewesen, einfach mit der Lösung herauszuplatzen. Doch der Lehrer würde sie sowieso nach jedem Rechenschritt fragen, und die Tatsache, dass sie so große Zahlen im Kopf addieren konnte, würde bloß zu unerwünschter Aufmerksamkeit führen.

Also schrieb sie drauflos. Sie nummerierte die Lösungsschritte und unterstrich Zwischenergebnisse einmal und das Endergebnis doppelt. *Sehr übersichtlich,* dachte sie zufrieden, legte das geschrumpfte Kreidestück in die dafür vorgesehene Rinne und ging zurück an ihren Platz. Erst als sie sich wieder hinsetzte, wurde ihr bewusst, wie still es in der Klasse geworden war. Aber auch das war nichts Neues. Sie schlug »Die letzten Geheimnisse der Mathematik« an der markierten Seite wieder auf und las weiter. Dass Herr Buchholz sie noch einmal unterbrechen würde, war sehr unwahrscheinlich.

»Wow, du bist ja ein richtiges Genie!« Als Lea sich zu ihr gesellte, war Emily mit dem Packen ihres Rucksacks beschäftigt. Heute Morgen hatte sie »Die letzten Geheimnisse der Mathematik« falsch eingeordnet. Es hatte ein kleineres Format als das neue Englischbuch, was ihr in der Hektik am Morgen nicht aufgefallen war. Den ganzen Weg von zu Hause bis in die Schule hatte das Buch also an einem falschen Platz verbracht. Rückwirkend wurde Emily deshalb ein wenig mulmig im Magen. Sie war in Eile gewesen, weil Paulus sie zu spät geweckt hatte. Ihr Vater nahm diese Dinge einfach nicht genau genug.

»Hey«, wiederholte Lea. »Ich sagte, du bist so was wie ein Genie.«

»Ja, ich weiß«, sagte Emily und seufzte. So weit war es mit Leas Antennen wohl doch nicht her. Sonst hätte sie gemerkt, dass jetzt kein guter Zeitpunkt war, um sich mit Emily zu unterhalten.

Lea lachte laut auf. »Und du bist auch so bescheiden«, sagte sie.

»Findest du?« Emily runzelte die Stirn und sah Lea forschend an. »Das hat noch niemand zu mir gesagt.«

Lea musste wieder lachen. »Ist nicht wahr!«, meinte sie grinsend und schien dann erst zu merken, dass Emily es ernst meinte. »Du bist echt 'ne Nummer!«, erklärte sie dann, wie schon zuvor in der Pause.

Emily hob nur die Augenbrauen und zuckte mit den Schultern.

»Komm schon, Superhirn!« Lea schnappte Emilys Rucksack am Griff und ging voraus. »Die Schule ist für heute aus und nicht mal Genies dürfen hier übernachten.«

Emily lief ihr nach und holte sich mit einem raschen Griff ihren Rucksack zurück. Nebeneinander gingen die Mädchen auf den Ausgang zu.

»Bist du denn Runa überhaupt Probe geritten?«, fragte Lea. »Sie soll ja ziemlich unberechenbar sein.«

»Nein«, antwortete Emily.

»Nein was?«, fragte Lea verwirrt.

Emily war irritiert. »Nein *was* was?« Lea hatte ihr eine Frage gestellt, sie hatte sie beantwortet. Was war daran kompliziert?

»Nein, du bist sie nicht Probe geritten, oder nein, sie ist nicht unberechenbar?«

»Beides«, erklärte Emily. »Aber gemeint war das Erste.«

Lea runzelte die Stirn. »Es ist nicht ganz einfach, sich mit dir zu unterhalten«, stellte sie fest. »Was willst du damit sagen? Dass sie *nicht* unberechenbar ist?«

»Genau. Wenn jemand sehr traurig ist, dann setzt man sich nicht auf dessen Rücken. Dass derjenige daran keine Freude haben wird, ist absolut berechenbar.« Emily schüttelte den Kopf. »Und da heißt es immer, *ich* hätte kein Einfühlungsvermögen«, murmelte sie.

Leas Verwirrung schien sich noch zu vergrößern. »Willst du damit sagen, Runa ist traurig? Woher willst du das wissen?«

»Antennen«, murmelte Emily. Lea und sie waren aus dem Schultor getreten und Emily sah sich um. Paulus war noch nicht da. Zwar hatte er sie vorgewarnt, dass sein Termin etwas länger dauern könnte, aber das änderte nichts daran, dass Emily es hasste, wenn man sie warten ließ. Warten bedeutete, dass ihr ausgeklügelter Zeitplan sich verschieben würde.

Aus einem der Autos, die direkt vor der Schule geparkt waren, stieg eine schlanke Frau. Emily fand, dass die steile Falte zwischen ihren Augenbrauen nicht in ihr junges Gesicht passte.

»Sie hat Tony mitgebracht!«, jubelte eine Stimme, die Emily sofort als die von Ben erkannte.

Die Frau mit dem jungen Gesicht und der alten Falte hatte eben die Heckklappe geöffnet und ein schwarz-weißer Hund war herausgesprungen.

»Tony! Komm zu mir, Tony!« Der Hund sprang auf Ben zu und an ihm hoch. Dann sprang er an Anton hoch, als der ebenfalls »Tony, Tony!« rief.

»Hey, Tony!«, rief Anton. »Gib Pfote!«

»Hör auf«, fauchte Ben ihn an, »das ist *mein* Hund!« Er

zog Tony am Brustgeschirr zu sich. »Tony, mach Acht!«, befahl er, und Tony lief eine Acht um seine Beine.

»Tony, sitz!«, rief Anton, kaum hatte Tony den Achter beendet. Tony setzte sich, aber Ben zog den Hund am Brustgeschirr wieder hoch.

»Hör auf, hab ich gesagt!«, fauchte er erneut. Tonys Blick wanderte verwirrt zwischen den beiden Jungs hin und her. Der Hund begann zu hecheln.

»Das reicht jetzt!«, rief Bens Mutter ungeduldig. »Tony, hier! Zurück ins Auto!«

Tony, hier! Tony, sitz! Tony, Platz! Tony, mach Acht!

»Zu viel«, murmelte Emily. »Zu laut.« Sie hockte sich auf den Boden und holte ganz tief Luft. Dann atmete sie mit einem Seufzer genauso tief aus. »Hmmmmm.« Und wieder ein. Und aus.

»Emily?«, drang Leas besorgte Stimme undeutlich an Emilys Ohr. »Emily? Alles okay?«

Der schwarz-weiße Hund machte plötzlich kehrt, sah Emily an und legte den Kopf schief. »Hey«, flüsterte Emily und atmete noch einmal ganz lange ein und aus. Tony setzte sich vor sie hin und Emily kraulte mit einer Hand die schwarz-weiße Brust und massierte mit der anderen eines der seidigen Ohren. Tony wurde ganz still. Emily fühlte sich schon besser. Nach wenigen Augenblicken legte Tony sich vor Emily auf den Boden. Emily seufzte. *Besser*, dachte sie. *Viel besser.*

»Wow«, flüsterte Lea.

Doch der Moment hielt nicht lange an. »Das ist *mein* Hund!« Mit diesen Worten schnappte Ben den Hund erneut am Brustgeschirr und zerrte ihn in Richtung Auto.

»Schluss damit, Ben!«, schaltete sich Bens Mutter ein. »Das ist ein Hund, keine Actionfigur!«

Ben ließ den Hund los und warf Emily einen bitterbösen Blick zu. Dann stiegen Anton und er ins Auto, die Mutter scheuchte den Hund zurück in den Kofferraum.

Emily hockte immer noch auf dem Bürgersteig, als der Wagen abgefahren war. Sie schlang die Arme um ihren Oberkörper und knetete den hundertmal gewaschenen Stoff ihres Lieblingssweatshirts mit den Fingern. Er fühlte sich weich und tröstlich an.

»Emily?«, sagte Lea wieder zaghaft. »Alles okay?«

Emily nickte. »Bei mir schon.« Ein anderer Wagen hielt genau da, wo das Auto von Bens Mutter eben weggefahren war, und im nächsten Moment war Paulus an der Seite seiner Tochter.

»Em?«, fragte er in einem ähnlichen Tonfall wie Lea. »Alles gut?«, fügte er hinzu und warf, als Emily nur nickte, einen fragenden Blick zu Lea.

»Bens Hund«, sagte Lea vage und zuckte mit den Schultern. Obwohl damit eigentlich nichts erklärt war, schien es Paulus zu genügen.

»Manchmal baut sie einen ungewöhnlichen Kontakt auf«, murmelte er.

Emily stand auf, ging ohne ein weiteres Wort zum Auto, öffnete die Beifahrertür und verschwand im Inneren.

»Sie kann etwas ruppig wirken, wenn man sie nicht gewohnt ist …«, begann Paulus, aber Lea unterbrach ihn sofort.

»Ich bin sie schon gewohnt«, erklärte sie lächelnd. »Wir sind Freundinnen.« Sie streckte Paulus die Hand ihn. »Ich bin Lea!«, fügte sie hinzu.

Paulus drückte Leas Hand und sah ihr dann verblüfft nach, als sie die Straße hinunterlief, ihren Schulrucksack über eine Schulter geschwungen.

Er schüttelte den Kopf, als hätte ihm eben jemand versichert, die Erde sei eine Scheibe.

»Freundinnen!«, murmelte er.

Etwas fehlt

Donnerstag, 16:02, Pferdehof Glockenbach, Koppel.

Emily saß auf dem Koppelzaun und beobachtete Runa, die wie üblich etwas abseits von den anderen graste. Jedes Mal, wenn eine der anderen Stuten sich ihr näherte, wich sie aus. Sie wirkte nicht ängstlich, sondern schien einfach keine Lust auf Gesellschaft zu haben. Offenbar ging es Runa mit den anderen Pferden genau wie Emily mit ihren Mitschülern. Emilys Versuch, Paulus dazu zu bringen, sie schon am Morgen in den Reitstall zu fahren, war kläglich gescheitert. »Aber morgens sind alle *anderen* Kinder in der Schule!«, hatte sie argumentiert. »Das heißt, sie sind nicht bei den Pferden. Und die Erwachsenen arbeiten. Der Morgen wäre die perfekte Zeit für mich, im Stall zu sein!«

»Ich glaube nicht, dass deine Lehrer diese Ansicht teilen«, hatte Paulus gemeint.

»Meine Lehrer haben alle einen niedrigeren IQ als ich.« Emily hatte die Arme vor der Brust verschränkt und missmutig vor sich hingestarrt.

»Vielleicht. Das bedeutet aber nicht, dass du nichts mehr von ihnen lernen kannst.« Paulus hatte ausnahmsweise nicht nachgegeben. »Und außerdem: Mit Pferden kannst du schon kommunizieren. Bei Menschen hast du durchaus noch Übungsbedarf.«

Kommunizieren mit Menschen. Wenn alle so pflegeleicht wären wie Lea, dann hätte Emily nicht solche Probleme damit. Aber die meisten Menschen waren schrecklich kompliziert und empfindlich. So anders als sie selbst. Als sie sieben war, hatte sie eine Sendung über Außerirdische gesehen und in den folgenden Monaten alles gelesen, was sie zu dem Thema in die Finger kriegen konnte. Vielleicht war das die Lösung? Vielleicht war sie deshalb so anders, weil sie von einem anderen Planeten stammte? Und die Verdrahtung in ihrem Gehirn einfach anders angelegt war? Sie musste an den Mixer denken, den sie neulich zerlegt hatte – ein älteres Modell, dessen Inneres natürlich anders aussah als das eines hochmodernen Mixers. Aber im Wesentlichen war das System, nach dem sie aufgebaut waren, dasselbe. Wenn die Menschen auf der Erde Mixer wären, vielleicht wäre sie selbst eine Küchenmaschine? Irgendwie ähnlich, nur ein bisschen schneller. Oder vielleicht wäre sie sogar etwas grundlegend anderes? Ein Haarföhn zum Beispiel. Vielleicht kam sie vom Haarföhn-Planeten und war nur durch einen dummen Zufall auf dem Mixer-Planeten gelandet? Doch Paulus schwor, dass sie nicht eines Tages in einer leuchtenden, eiförmigen Kapsel bei ihm und Evalynne durchs Fenster geschwebt war. Sie war genauso entstanden wie alle anderen Kinder.

Dennoch fühlte sie sich so oft wie ein Föhn unter Millionen Mixern.

Emily holte sich mit einem tiefen Seufzer selbst aus ihren Gedanken.

Da drüben, auf dem Dressurviereck, hatte die Reitstallbesitzerin – sie hieß Johanna – eben eine Gruppenstunde gegeben. Dafür war ihre laute Stimme sehr praktisch. Emily hatte eigentlich mehr über Runas Herkunft herausfinden wollen, konnte sich aber nicht überwinden, Johanna anzusprechen. Nicht, dass sie etwa Angst vor der Reitstallbesitzerin gehabt hätte. Eher hatte Emily Angst davor, die Kontrolle über ihre Hände zu verlieren und sie unwillkürlich an die Ohren zu legen, sobald die Frau in ihrer üblichen Lautstärke zu reden begann. Außerdem wusste man einfach nie, was von fremden Menschen zu erwarten war.

Einige wenige hatten die richtigen Antennen, wie Lea. Manche betrachteten Emily, als wäre sie die Außerirdische, als die sie sich manchmal fühlte. Immerhin wurde sie von denen meistens ganz schnell wieder in Ruhe gelassen. Andere kamen ihr näher, als es ihr angenehm war, und Emily war dann ständig damit beschäftigt, weiter und weiter zurückzuweichen. Und dann gab es noch die schlimmste Sorte, die Bulldozer, die über Warnschilder, Zäune und Wälle einfach hinwegratterten und es nicht einmal merkten. Emily schüttelte sich, aber die Erinnerung ließ sich nicht abschütteln. Wieder einmal tauchte sie ungebeten auf und raubte Emily augenblicklich die Luft zum Atmen.

»Und das ist unsere kleine Emily!« Die rothaarige Moderatorin mit den unnatürlich dicken Lippen legte den Arm um Emily und drückte liebevoll zu. »Sieht sie nicht aus wie ein Engel?«

Das Publikum applaudierte, und die Moderatorin griff mit beiden Händen in Emilys Haar und ordnete es, obwohl es zuvor von der Maskenbildnerin in perfekte Wellen gelegt worden war. Schon das war für Emily eine echte Herausforderung gewesen. Nach der Show hatte sie sich die Haare abschneiden lassen, damit niemand mehr auf die Idee kam, sie auf Lockenwickler zu drehen. Und dann der Regisseur, der nicht einsehen wollte, dass sie in ihren Lieblingsleggins und ihrem Lieblingssweatshirt besser denken konnte. Das Kleid, auf dem er bestand, hatte kratzige

Nähte am Hals und an den Ärmeln, sie hatte es zu Hause probetragen müssen, um sich daran zu gewöhnen. Doch nun, mit den Händen der Moderatorin in ihren Haaren, war sie trotzdem an ihrer Grenze. Emily presste Ober- und Unterkiefer so fest aufeinander, dass sie ihre eigenen Zähne knirschen hörte. Durchhalten, sagte sie sich. Durchhalten. Sie ballte ihre Hände zu Fäusten und entspannte sie wieder.

»Ich werde in der ersten Reihe sitzen«, hatte Paulus gesagt. »Auch wenn du mich wegen der grellen Lichter nicht siehst, ich werde da sein. Und wenn irgendwas schiefgeht, fliege ich auf die Bühne.«

»Wie Superman?«

»Wie Superman.«

Emily mochte Superhelden, weil sie auch anders waren und Dinge konnten, die sonst niemand konnte. Sie wurden aus der Ferne bewundert, aber gleichzeitig wie Außenseiter behandelt. Eine perfekte Kombination, fand Emily.

»Wir brauchen ein Signal«, hatte Emily gesagt. »Ein Notsignal. So was wie SOS auf hoher See. Damit du weißt, wann du mich retten musst.«

»Okay …?«

»Wenn ich an mein rechtes Ohr greife!«, hatte Emily entschieden. »Das ist das Signal.«

Die Moderatorin nahm Emilys Hand, machte einen Schritt

von ihr weg und deutete mit der freien Hand auf Emily. »Ist sie nicht die hübscheste Kandidatin, die wir je hatten?«

Das Publikum applaudierte. »Dabei ist sie auch noch die jüngste *Kandidatin, die wir je hatten!«*

»Kinder kommen immer gut«, hatte der Regisseur zu Paulus gesagt. »Und wenn sie dann noch so aussehen wie Ihre Tochter …«

Die Moderatorin wirbelte Emily an einer Hand um ihre Achse wie einen Kreisel. Sie klemmte Emilys Kinn zwischen zwei ihrer Finger mit den langen, dunkelrot lackierten Nägeln und drehte Emilys Gesicht in Richtung Publikum. Emily hatte plötzlich das Gefühl, es gab nicht genug Sauerstoff in der Luft des riesigen Studios. Sie versuchte, ihre Lungen zu füllen, aber ihre Luftröhre wurde immer enger, und der Weg für die Luft schien plötzlich unendlich lang zu sein. Sie suchte verzweifelt mit den Augen nach Paulus, ihrem Anker, aber das Publikum war eine formlose, bunte Masse, ein großer, wabernder, bedrohlicher, klebriger Riesentropfen.

Emily wollte auf dem Land leben, in einem Haus mit Garten, und sie wollte unbedingt, unbedingt ein Pferd und alles dafür tun. Aber in diesem Augenblick wurde »alles« zu viel.

Sie versuchte, nach ihrem Ohr zu greifen, damit ihr Vater auf die Bühne geflogen kam, die Moderatorin von ihr wegzerrte und alles vorbei war. Aber sie war eben um ihre Achse gedreht worden und hatte den Arm gebraucht, um wieder ins Gleichgewicht zu kommen.

Und dann kam der Schauspieler auf die Bühne, der auf sie gewettet hatte, und die Moderatorin wandte sich ihm zu. Emily hatte Gelegenheit, tief durchzuatmen. Und sie gab das Signal nicht. Und hielt durch. Und gewann die Wette für den Schauspieler und das Geld für sich und Paulus.

»War doch gar nicht so schlimm!«, sagte Paulus, als alles vorbei war. »Und du hast die ganze Zeit gelächelt!«

»Immer lächeln!«, hatte der Regisseur während der Proben zu ihr gesagt. »Die Leute wollen fröhliche Kinder, das darf nicht nach Stress aussehen.«

Emily hatte zwei Tage lang vor dem Spiegel lächeln geübt, damit der Regisseur es sich nicht anders überlegte und sie aus der Show schmiss.

Emily atmete tief durch. Wenn sie in die Erinnerung hineinkippte, so wie eben, war es fast so schlimm, als wäre sie noch einmal dort. Aber es war vorbei und alles war gut. Paulus und sie hatten ein Haus und einen Garten und sie hatte endlich ein Pferd.

Runa hatte zu grasen aufgehört und war ein Stück auf Emily zugekommen. »Hey, Runa«, sagte Emily und ließ sich langsam und vorsichtig vom Zaun gleiten. Sie hockte sich auf den Grasboden und wartete. Runa kam noch näher. *Sie weiß, dass wir zusammengehören*, dachte Emily und schloss die Augen. Gleich darauf spürte sie Runas Nüstern an ihrem Ohr und musste lächeln. Die Stute zupfte ganz zart an Emilys Haaren. *Fellpflege,* dachte Emily. *Als wäre ich ein Pferd.* Mit geschlossenen Augen tastete Emily nach Runas Hals, um sich für die Zärtlichkeit zu revanchieren.

»Zu wenig.«

Niemand hatte die Worte gesagt, aber plötzlich waren sie da, wie die Seifenblasen damals auf der Pferdekoppel in Österreich und das *»Zu viel«* in ihrem Kopf, als sie Tony gesehen hatte. Emilys Finger kraulten behutsam Runas Hals. *»Zu wenig«* stimmte nicht ganz. Es war fast richtig, aber nicht ganz. *»Etwas fehlt.«* Das war es. *»Etwas fehlt.«* Und auf einmal war da wieder diese Traurigkeit. Emily war nicht sicher, ob es Runas Traurigkeit war oder ihre eigene, die plötzlich in einer großen Welle über sie schwappte. Ihre Mutter war gestorben, als sie fünf war. Wahrscheinlich ist es immer schrecklich, wenn man keine Mutter mehr hat. Aber wenn deine Mutter einer von insgesamt nur zwei Menschen

auf der ganzen Welt war, in deren Nähe du entspannt sein konntest, dann ist das noch auf eine andere Art schrecklich.

Langsam richtete Emily sich wieder auf. Runa wandte sich ab und trottete zurück zu der Stelle, an der sie zuvor gegrast hatte.

Emily starrte ihr noch paar Sekunden nach, dann setzte sie sich wieder auf den Koppelzaun.

Obwohl sie die Namen der Pferde auf der Stutenkoppel nicht wusste, kannte sie schon von allen die Gewohnheiten und Vorlieben. SchwarzemitdünnemSchweif stand immer mit FuchsmitweißemMondaufderStirn zusammen. DickerbraunerBauchPony, RosaNasenSchimmel und ScheckemitblauemAuge spielten gern zusammen, beim Fressen gesellte sich ScheckemitblauemAuge aber eher zu BrandzeichenHaflinger, einer älteren Stute. ScheckemitblauemAuge war kleiner als die anderen Pferde, das einzige Pferd, das nicht größer war als Runa. Es hatte auch viel mehr Mähne und einen viel dichteren Schweif als die anderen. ScheckemitblauemAuge war auch das einzige Pferd, das Runa manchmal für einige Zeit in ihrer Nähe duldete.

»Hier bist du also.«

Emily fuhr herum und sah Lea mit einem blauen Halfter in der Hand auf sich zukommen. Sie trug Reithosen und derbe Schnürschuhe.

»Ja«, antwortete Emily, obwohl es ihr ziemlich überflüssig vorkam. »Hier bin ich.« Sie richtete den Blick wieder auf Runa. Unwillkürlich hielt sie die Luft an und presste ihre Arme fest an den Oberkörper, während Lea ebenfalls auf den Zaun kletterte. Doch Lea ließ – zufällig oder nicht – genug Abstand und ersparte Emily dadurch die Entscheidung, ein Stück wegzurücken oder sitzen zu bleiben und dafür Atemnot und Beklemmungen in Kauf zu nehmen. Ihren erleichterten Seufzer verkleidete sie als Räuspern.

»Ich habe Johanna vorhin gefragt, ob Runa immer schon so schwierig war«, sagte Lea nach einer Pause.

Genau diese Frage hatte Emily stellen wollen!

»Ich bin auch erst seit einem halben Jahr hier im Stall«, fügte Lea erklärend hinzu. »Skella* war mein Trostpflaster, als wir umgezogen sind und ich die Schule wechseln musste.« Sie deutete auf ScheckemitblauemAuge. »Sie ist ein Islandpferd«, fügte Lea stolz hinzu. »Ist sie nicht toll?«

Runa war auch zur Hälfte Islandpferd, vielleicht akzeptierte sie Skella deshalb in ihrer Nähe.

Emily nickte. »Sie ist wie du«, erklärte sie.

* Skella, isländisch, sprich: Skettla

»Wie willst du das wissen?« Lea sah sie verblüfft an. »Du kennst mich doch noch gar nicht. Also nicht richtig.«

Emily zuckte mit den Schultern. Sie hatte mit Lea in den vergangenen Tagen mehr gesprochen als mit einigen Kindern aus ihrer alten Schule in einem ganzen Jahr. Sie fand, dass sie das Mädchen mit den welligen braunen Haaren und den gesprenkelten Augen ziemlich gut kannte. Und ScheckemitblauemAuge war ein freundliches, lebhaftes Pferd mit viel Selbstbewusstsein, das aber auch genau wusste, wann es Abstand halten musste. Genau wie Lea. Nur dass Lea natürlich kein Pferd war.

Sondern ein Mixer, dachte Emily und unterdrückte ein Grinsen.

Lea lachte. »Ich vergesse immer, dass du niemals Erklärungen anbietest, wenn du etwas sagst.«

Emily dachte kurz nach. Das stimmte. War das gut oder schlecht? War das etwas, worauf sie achten sollte? Was sie ändern musste?

»Jedenfalls ist Runa nicht viel länger hier als ich«, fuhr Lea fort. »Sie schien gutmütig zu sein und wurde für den Schulbetrieb übernommen. Aus einer Verlassenschaft.« Sie warf Emily einen Seitenblick zu. »Das heißt, jemand ist gestorben und sein Besitz wurde verkauft.«

Emily wusste, was »Verlassenschaft« bedeutete. Genau

genommen, war Leas Erklärung auch nicht ganz präzise, aber das war nicht so wichtig. Wichtig war etwas anderes. »Weißt du, wo das war?«

»Du meinst, der Hof, von dem sie kommt?«

Emily nickte und Lea schüttelte den Kopf. »Leider keine Ahnung. Warum willst du das wissen?«

»Weil sie irgendetwas vermisst«, antwortete Emily.

»Du meinst, ein anderes Pferd?«, fragte Lea interessiert. »Von dem sie getrennt wurde, nachdem der Besitzer gestorben ist?«

Emily hob langsam die Schultern und ließ sie wieder fallen. »Vielleicht. Wahrscheinlich. Jedenfalls macht dieses Etwas, das sie vermisst, sie sehr traurig. Und deshalb ist sie so ... wie sie eben ist.«

Lea dachte eine Weile nach. »Selbst wenn du recht hast«, meinte sie schließlich. »Selbst wenn Runa dir das ... erzählt hat. Warum ist sie dann manchmal lammfromm und manchmal zuckt sie plötzlich aus? Sie ist richtig unberechenbar.«

Emily schloss die Augen. Runas Kopf senkte sich.

Nach einer Weile meinte Lea: »Also ich hab jetzt Reitstunde, ich muss Skella fertig machen und ...«

»Warst du schon mal sehr traurig wegen etwas?«, unterbrach Emily sie, und Lea sah sie verblüfft an.

»Ja«, sagte sie dann. »Natürlich. Als unsere Katze nicht mehr nach Hause gekommen ist. Wir wissen nicht, was mit ihr passiert ist. Sie ist einfach verschwunden. Ich bin immer noch traurig deswegen.«

Emily nickte langsam. »Aber du bist nicht immer traurig. Manchmal denkst du ein paar Stunden nicht daran, oder sogar länger. Dann ist der Gedanke plötzlich wieder da, und du vermisst die Katze wieder schrecklich, oder? Es kommt in Wellen.«

»Ja«, stimmte Lea nachdenklich zu. »Es kommt in Wellen. Manchmal ist es nur wie ein ganz leises Klopfen an einer Tür. Oder unter Wasser. Und manchmal tut es richtig weh, als hätte ich mich in den Finger geschnitten. Oder als wäre es gerade erst passiert.«

»Genau. Und wenn es wehtut, dann kannst du dich auf nichts anderes konzentrieren. Vielleicht möchtest du allein sein. Vielleicht möchtest du weinen. Jedenfalls würdest du nicht wollen, dass in diesem Moment jemand auf dir draufsitzt und an einem Metallding zerrt, das du im Mund hast.«

»Oh«, sagte Lea. Und nach einem langen, langen Augenblick: »Ich verstehe, was du meinst.«

Artgenossen

Die beiden Mädchen saßen eine Minute schweigend nebeneinander auf dem Zaun und beobachteten die Pferde.

»Es ist trotzdem seltsam, dass sie den Kontakt zu den anderen Pferden überhaupt nicht sucht«, meinte Lea nachdenklich. »Sind doch ihre Artgenossen.«

Emily sagte darauf nichts, denn sie fand das überhaupt nicht seltsam.

»Andererseits«, fuhr Lea fort, als hätte sie Emilys Gedanken gelesen, »fühle mich auch nicht zu allen Menschen hingezogen.«

Emily lächelte. *Antennen.* Sie mochte Lea.

»Skella hat abgenommen«, meinte Lea nach einem Augenblick nachdenklich. »Seit einiger Zeit frisst sie nicht wie sonst.«

Emily antwortete nicht, aber ihr Blick wanderte von Runa zu Skella, die gerade liebevoll an RosaNasenSchimmels Hals knabberte. Die Scheckstute war tatsächlich sehr schlank, im Gegensatz zu Runa, die sich mit Futter über ihren Kummer hinwegzutrösten schien.

»Also ich muss dann los«, sagte Lea schließlich, sprang vom Zaun und stapfte durch die feuchte Wiese auf ihr Pferd zu. Emily beobachtete, wie das Mädchen sein Pferd liebevoll begrüßte und ihm das blaue Halfter umlegte. Sie selbst ließ sich ebenfalls vom Zaun gleiten und öffnete das Gatter für die beiden, als sie sich wieder näherten.

»Siehst du«, sagte Lea und hielt Emily eine gründlich eingespeichelte Karotte vors Gesicht. »Sie hat sie genommen und dann wieder ausgespuckt. Dabei liebt sie Karotten. Ich versteh das nicht.«

Emily streckte die Hand aus, legte sie sanft auf Skellas Stirn und strich dann ganz langsam über Nase und Nüstern. Ihre Augen waren geschlossen und sie atmete ganz tief ein. Als Emily ebenso tief wieder ausatmete, schnaubte Skella in genau demselben Moment.

Da war eine Hitze, ein Vibrieren, ein Stechen. Unwillkürlich zog Emily ihre Hand zurück. »Autsch«, sagte sie.

»Hast du dir wehgetan?«, fragte Lea erschrocken.

Emily sah Lea an, als wäre sie eben aus einem Traum aufgewacht – ein wenig verwirrt, als müsste sie sich erst wieder zurechtfinden.

»Nein, nein«, sagte sie dann. »Nicht ich. Skella.«

»Skella?« fragte Lea. Nun war sie diejenige mit dem verwirrten Blick.

»Wenn sie kaut, tut es weh«, sagte Emily. »Deshalb frisst sie nicht.«

Lea starrte Emily einen Augenblick an. »Ein Tierarzt hat sie untersucht, als wir sie gekauft haben«, meinte sie dann. »Aber vielleicht war er bei den Zähnen nicht so genau.« Sie überlegte einen Augenblick. »Ich werde Johanna bitten, sich Skellas Gebiss anzusehen, sie kennt sich gut aus.« Dann fügte sie hastig hinzu: »Nicht, weil ich dir nicht glaube. Aber …«

Emily nickte und Lea ließ ihren Satz unvollendet. Erwachsene brauchten Fakten. Emily war selbst eine große Freundin von Fakten, sie konnte das also gut verstehen. Und wenn Johanna, die so viel Erfahrung mit Pferden hatte, Leas Eltern empfahl, den Tierarzt kommen zu lassen, dann würden sie das tun. Emily lächelte.

»Was?«, fragte Lea und lächelte unwillkürlich zurück.

»Ich habe mir nur gerade vorgestellt, wie du deinen Eltern erklärst, sie müssen den Tierarzt holen, weil das verrückte Mädchen aus deiner Klasse es gesagt hat.«

»Du bist überhaupt nicht verrückt!«, protestierte Lea empört und lachte dann. »Aber gut, dass du es nicht persönlich nimmst.«

»Ich nehme fast nie etwas persönlich«, sagte Emily.

Lea dachte darüber kurz nach. »Das ist wahrscheinlich ziemlich schlau von dir«, meinte sie dann.

Emily zuckte mit den Schultern. »Nicht immer. Denn manchmal *ist* es persönlich.«

Lea betrachtete Emily. »Du bist anders als alle Mädchen, die ich sonst kenne«, sagte sie schließlich mit einem Lächeln.

»Und du bist *zu mir* anders als alle Mädchen, die ich sonst kenne«, antwortete Emily.

Lea runzelte die Stirn. »Ist das gut?«

»Ja«, sagte Emily.

»Dann nehme ich es persönlich«, meinte Lea.

Nun musste Emily auch lächeln. »Okay«, sagte sie.

»Ich muss jetzt wirklich zum Sattelplatz. Johanna wird sauer, wenn ich zu spät zu meiner Stunde komme.« Sie zögerte. »Willst du vielleicht mitkommen? Dann können wir auch wegen Runa noch mal genauer nachfragen …«

Emily wollte Antworten auf diese Fragen, sie wollte sie sogar dringend – aber es war so friedlich hier. Und sie hatte eben so viel gesprochen wie den ganzen Tag noch nicht. Lea musste an Emilys Gesicht eine Veränderung bemerkt haben, denn sie sagte schnell: »Lass nur, *ich* kann ja fragen. Ich brauche dich nicht dazu.«

Emily atmete auf, und als Lea die Hand zu einem Winken hob, winkte sie zurück.

Montag, 13:20, Schule, Sportplatz.

»Hey.«

Emily sah von ihrem Buch auf. Vor ihr stand Ben. Er hatte einen Fußball unter den Arm geklemmt und starrte Emily feindselig an.

»Tony ist *mein* Hund«, sagte er. »Wenn du dich noch ein Mal an sie heranmachst, kriegst du echt Probleme.«

Emily hätte eine Menge klarstellen können. Dass es ihrerseits keine Zweifel gab, wessen Hund Tony war. Dass sie sich nicht an Tony »herangemacht« hatte, sondern die kleine Mischlingshündin freiwillig zu ihr gekommen war. Dass die Androhung von »Problemen« also völlig unangemessen war.

Emily war nicht ganz sicher, warum Ben so aufgebracht war wegen etwas, das sich so gar nicht zugetragen hatte. Aus Erfahrung wusste sie allerdings, dass das Klarstellen von Fakten eine solche Situation zumeist nicht einfacher machte. Sie sagte also gar nichts, was offensichtlich auch falsch war, denn Ben schien noch wütender zu werden.

»Hast du das kapiert, Blondie?«, zischte er.

»Natürlich«, antwortete Emily und hob die Augenbrauen. »Das war nicht besonders schwierig.«

Ihre Antwort schien Ben noch mehr zu reizen. »Warum

sitzt du überhaupt hier auf der Bank?«, fuhr er sie an. »Die anderen Mädchen spielen Basketball. Du drückst dich wohl?«

Seit einer Panikattacke an ihrer alten Schule hatte Emily die offizielle Erlaubnis, sich vor Sportarten »zu drücken«, bei denen gerempelt oder geschubst wurde.

»Ja«, antwortete sie also.

Das schien Ben endgültig aus der Fassung zu bringen. »Du sitzt einfach da und liest dein Buch und drückst dich und gibst es auch noch zu?«

»Ja«, antwortete Emily erneut. Worüber regte der Junge sich bloß so auf? Sie sah ihn erwartungsvoll an, aber eine Erklärung blieb aus.

Ben machte nur den Mund auf und wieder zu. »Du bist so was von gestört«, presste er schließlich hervor. Im nächsten Moment holte er mit dem Fuß aus und trat so fest gegen Emilys ordentlich abgestellte Schuhe, dass sie in hohem Bogen durch die Luft flogen. Dann drehte er sich um und lief zu den anderen Jungs.

Einer von Emilys Schuhen lag im Gras, mit der Sohle nach oben, der andere neben einem Mülleimer am Zaun. Emily trug neue weiße Socken mit rosa Blümchen darauf. Sie starrte auf ihre Socken, dann auf die Schuhe, dann wieder auf ihre Socken. Sie blieb regungslos sitzen.

Als Lea nach dem Basketballspiel zu ihr kam, saß Emily immer noch da, die Arme um ihre hochgezogenen Knie geschlungen, und schaukelte vor und zurück.

»Emily«, sagte Lea. »Alles okay?«

»Ich hab weiße Socken an«, flüsterte Emily. »Mit weißen Socken kann ich nicht durchs Gras gehen. Und über den Kies.«

Lea folgte Emilys Blick, sah die Schuhe, lief los, holte beide und stellte sie ordentlich vor die Bank.

Emilys Augen waren trocken, aber jetzt ging ein tiefer, zittriger Seufzer durch ihren Körper, als hätte sie stundenlang geweint.

»Warum hast du die Socken nicht einfach ausgezogen?«, fragte Lea. »Und bist barfuß zu den Schuhen gegangen?«

Emily sah Lea an, als hätte sie vorgeschlagen, ihren Propeller anzuwerfen und die paar Meter zu ihren verstreuten Schuhen einfach zu fliegen.

»Und dann mit schmutzigen Füßen … in die weißen Socken?«

Die Vorstellung bereitete Emily beinahe körperliche Schmerzen.

»Oh«, sagte Lea. »Alles klar.« Sie sah zu, wie Emily ihre Sneakers zuschnürte, dann fragte sie: »Wie sind die Schuhe überhaupt dahingekommen?«

»Ben hat sie weggekickt«, antwortete Emily, nun schon deutlich entspannter.

Lea sah sie verblüfft an. »Warum hat er das getan?«

»Ich bin nicht sicher. Es hatte entweder mit seinem Hund zu tun oder damit, dass ich nicht Basketball gespielt habe.«

Lea starrte Emily einen Augenblick lang an. »Er ist eifersüchtig auf dich«, sagte sie dann. »Weil sein Hund dich lieber mag als ihn. Und er ist sauer, weil er es nicht schafft, dich aus der Ruhe zu bringen.« Leas Blick fiel auf Emilys nun wieder an ihren Füßen sitzende Sneakers, aus denen ordentlich die sauberen weißen Bündchen ihrer Socken ragten. Sie grinste. »Jedenfalls nicht absichtlich.«

Am selben Tag, 18:04, bei Emily und Paulus, in der Küche.

»Ich bin bei Lea eingeladen«, sagte Emily, als sie sich zu Paulus gesellte.

»Oh«, antwortete Paulus und runzelte die Stirn. Er war dabei, eine Pizza mit Gemüse zu belegen, je ein Drittel mit Champignons, ein Drittel mit Zucchinischeiben und ein Drittel mit Spinat. Emily liebte Spinat, auch in dieser Hinsicht war sie anders als die meisten Kinder, die Paulus kannte. »Ist es eine Geburtstagsparty?«, fragte er, während er den Spinat auf dem Pizzaboden so zurechtschob, dass das Spinatdrittel exakt gleich groß war wie die anderen beiden. »Ich rufe an und erkläre Leas Eltern, dass du nicht …«

»Ich möchte hingehen«, unterbrach Emily ihren Vater.

Paulus ließ das Gemüsemesser sinken und starrte seine Tochter verblüfft an.

»Es ist keine Party«, ergänzte Emily schnell. »Nur Lea und ich. Und Apfel-Zimt-Muffins.«

Paulus lächelte. Emily liebte auch alles mit Äpfeln.

»Ihre Mutter hat extra ein veganes Rezept rausgesucht.«

»Du hast mit Lea darüber gesprochen, dass du vegan bist?«, fragte Paulus, und Emily hörte die Verwunderung in seiner Stimme.

»Ja«, antwortete sie und fügte dann mit gerunzelter Stirn hinzu: »Das ist ein gutes Zeichen, oder?«

Paulus musste lachen. »Es ist ein Zeichen, dass du ihr vertraust, würde ich sagen.«

»Sie kapiert mich irgendwie«, meinte Emily nachdenklich. »Obwohl sie ganz anders ist als ich.«

»Cool«, antwortete Paulus, als wäre das kein großes Ding, aber Emily durchschaute ihn, wie immer.

»Du freust dich«, stellte sie fest.

»Du doch auch«, meinte er und lächelte.

Emily Pferdeflüsterin

Mittwoch, 15:28, bei Lea, in der Küche.

»Emily Pferdeflüsterin«, sagte Lea und griff nach ihrem dritten Apfel-Zimt-Muffin. »Ich glaube, das wird ab jetzt dein neuer Name sein.«

Emily hob nur eine Augenbraue, sagte aber nichts.

»Der Tierarzt hat vorhin angerufen«, fuhr Lea fort. »Skella hat irgendwelche Widerhaken an den Zähnen, die müssen weggemacht werden, weil sie sich beim Kauen ins Zahnfleisch bohren.« Sie sah Emily erwartungsvoll an, aber die fand es schon wieder unnötig, zu antworten. Schließlich hatte *sie* ja nicht daran gezweifelt, dass sie recht hatte. Und »Emily Pferdeflüsterin« war nicht der schlechteste Name.

»Sie wird morgen behandelt und dann kann sie wieder richtig fressen und ihr Bauch wird genauso schön rund wie der von Runa.«

»Gut«, sagte Emily zufrieden und nahm ebenfalls noch einen Muffin. Leas Mutter hatte sie bei der Begrüßung nicht aufgefordert, ihr die Hand zu geben. Sie hatte nur den Teller mit Muffins auf den Tisch gestellt und war in ihr Arbeitszimmer verschwunden, ohne sich weiter in den Nachmittag der Kinder einzumischen. Emily fand sie sehr sympathisch.

Sie war Schriftstellerin und arbeitete zu Hause, hatte Lea erklärt.

Als Lea sich den vorletzten Muffin griff, meinte sie: »Ein Glück, dass der Mixer erst den Geist aufgegeben hat, als der Teig schon fast fertig war. Wo ich dir doch die Muffins versprochen hatte.«

Emily machte gar nicht erst den Versuch, zu erklären, dass es ihr schwerfiele, sich zwischen einem kaputten Mixer und Apfel-Zimt-Muffins zu entscheiden. Sie hatte das Gefühl, das würde selbst Lea nicht nachvollziehen können.

Jedenfalls war die Kombination von beidem so was wie ein Geniestreich des Universums, und Emily begann, unter dem Tisch aufgeregt mit den Beinen zu zappeln. »Darf ich ihn mir mal ansehen?«, fragte sie, so ruhig sie konnte.

Lea holte den kaputten Mixer aus dem Mülleimer und die Werkzeugkiste aus der Garage.

Emily fühlte sich beinahe ein bisschen betrogen, weil die Reparatur so einfach war. Nach zwanzig Minuten drehten sich die Sprudler wieder und Lea starrte sie mit großen Augen an. »Emily Mixer-Flüsterin«, meinte sie beinahe ehrfürchtig.

Sie hatten noch eine halbe Stunde Zeit, bis Paulus Emily abholen würde, und beschlossen, mit den Fahrrädern durch die Siedlung zu kurven, in der Lea wohnte. Lea nahm das Rad ihrer Mutter und lieh Emily ihr eigenes.

»Ben wohnt hier«, sagte Lea, als sie durch eine enge Nebengasse sausten. Im Vorbeifahren deutete sie auf ein weiß gestrichenes Haus mit einem grünen Gitterzaun.

»Aber auch noch nicht so lange. Seine Eltern haben sich getrennt und seine Mutter ist mit ihm und seiner Schwester hierher umgezogen.«

Emily glaubte, aus dem Augenwinkel einen schwarz-weißen Blitz im Garten zu bemerken, aber sie sah nicht hin. Wenn sie anhielt, würde Tony zum Zaun laufen, um sie zu begrüßen, und dann waren »Probleme« mit Ben wahrscheinlich unvermeidlich.

Paulus' Gesichtsausdruck war beinahe ängstlich, als sie wenig später im Auto saßen. »Alles gut?«, fragte er. Er hatte den Wagen noch nicht gestartet, richtete seinen Blick aber dennoch nach vorn, weil es Emily leichter fiel, zu erzählen, wenn sie keinen Augenkontakt hatten. Tatsächlich fand er selbst das manchmal auch leichter.

»Alles gut«, antwortete Emily. »Ich habe einen Mixer repariert und die Muffins waren sehr lecker. Und ich musste niemandem die Hand geben.«

»Das klingt nach einem perfekten Nachmittag«, meinte Paulus.

»Und weil ich damit recht hatte, dass Skella Schmerzen beim Kauen hat«, fügte Emily hinzu, »nennt Lea mich jetzt Emily Pferdeflüsterin.«

»Emily Pferdeflüsterin«, wiederholte Paulus beeindruckt. »Stark.«

»Viel besser als Emily, die Mathe-Ratte.« Ein Mädchen in Emilys alter Schule hatte sie so genannt. Es gab keinen bestimmten Grund dafür, außer, dass sich Mathe so einigermaßen auf Ratte reimte und Emily in der Klasse keine richtigen Freunde hatte. Emily mochte Ratten, ebenso wie sie alle anderen Tiere mochte, also fand sie »Mathe-Ratte« an sich nicht schlimm. Aber sie wusste, dass es nicht nett gemeint war. Damals hatte Paulus ihr vorgeschlagen, an eine Schule für hochbegabte Kinder zu wechseln, aber kurz darauf hatte sie eines Abends mit ihm vor dem Fernseher gesessen, einen zerlegten Mixer vor sich auf dem Fußboden, und darüber geredet, dass sie gern ein Pferd hätte. Ab da war alles sehr schnell gegangen, und nun war sie hier und hieß nicht mehr Mathe-Ratte, sondern Pferdeflüsterin.

Paulus fuhr los und bog in die nächste Gasse ein, die jedoch über die ganze Breite von einem Lkw blockiert war. Zum Vorbeifahren war eindeutig nicht genug Platz.

»Wie schön«, murmelte Paulus wenig begeistert und sagte dann zu Emily gewandt: »Ich denke nicht, dass ich so viel Geduld habe. Ich muss zurücksetzen, okay?«

Emily nickte, ließ das Fenster herunter, drehte sich im Sitz um und blickte nach hinten durch die Heckscheibe. Wenn sie beim Zurücksetzen nach vorn sah, wurde ihr schwindlig und manchmal sogar übel. Es fühlte sich dann fast so an, als würde die Ordnung der Dinge aufgehoben, während das Auto rückwärtsfuhr, und das empfand sie jedes Mal wieder auf eine sehr unangenehme Art als überwältigend.

Langsam und schnurgerade lenkte Paulus das Auto rückwärts durch die Gasse, bog dann – nun natürlich wieder vorwärts, aber Emily brauchte ein paar Sekunden, um sich umzustellen – in eine und dann eine weitere Seitengasse.

»So«, murmelte Paulus, der sich in Leas Wohngegend überhaupt nicht auskannte. »Jetzt wieder rechts und dann müssten wir …«

»Stopp!«, rief Emily, noch bevor sie richtig wusste, warum. Da war ein Geräusch. Oder war es nur in ihrem Kopf? Aber da war etwas, und sie musste raus, sofort raus …

»Ist dir schlecht?«, fragte Paulus erschrocken.

Emily löste ihren Sicherheitsgurt und stieg aus, ohne zu antworten. Sie ging ein paar Schritte und merkte kaum, dass Paulus ihr folgte.

»Emily? Was ist los?«

Vor einem mit grünem Maschendraht eingezäunten Grundstück blieb Emily stehen und holte tief Luft. An der Innenseite des Zauns waren dicht an dicht Büsche gepflanzt, in denen sie Vögel zwitschern hörte. Ein Baby weinte, irgendwo spielte jemand Klavier. Aber Emily konnte noch etwas anderes hören. Die Worte waren wieder einfach da, in ihrem Kopf, ohne dass jemand sie ausgesprochen hätte. *Zu viel. Zu laut.*

Ein paar Meter weiter bog der Zaun um die Ecke, und in diese Ecke schmiegte sich ein windschiefer Geräteschuppen. Die dichten Büsche verbargen die direkte Sicht auf das Haus, aber plötzlich wusste Emily genau, wo sie war: An der Rückseite des Grundstücks, das Bens Familie gehörte. Sie ging ein paar Schritte weiter, hockte sich neben den Zaun und streckte ihre Hand darunter durch. Eine der Holzlatten, aus denen die Rückwand des Schuppens gezimmert war, hatte sich gelöst, und durch die Öffnung zwängte sich eben ein schwarz-weißes felliges Etwas.

»Ein Hund?«, fragte Paulus verblüfft, und Emily nickte.

»Tony, hier!«, tönte plötzlich Bens Stimme durch den Garten, voller Ungeduld.

»Ist das der Hund von dem Jungen in deiner Klasse?«, fragte Paulus. Unwillkürlich hatte er seine Stimme gesenkt und sich zu Emily gehockt, um vom Garten aus nicht gesehen zu werden.

Emily nickte.

»Tony, komm her!«, hörten sie erneut Bens Stimme, jetzt viel näher.

»Willst du ihm nicht sagen, wo der Hund ist?«, fragte Paulus seine Tochter.

»Nein«, antwortete Emily. Vielleicht hatte es in Bens Haus Streit gegeben. Vielleicht war jemand zu Besuch, den Tony nicht leiden konnte. Vielleicht hatte sie es auch nur satt, Kunststücke vorzuführen. Emily würde den Teufel tun und die Hündin verraten. Wer weiß, wie oft Tony das Versteck noch brauchen würde.

»Fahren wir nach Hause«, sagte Emily und ging zurück zum Wagen.

Kein Pferd

Dienstag, 15:18, Pferdehof Glockenbach, Koppel.

Lea hatte leider nichts über Runas Herkunft in Erfahrung bringen können. Johanna hatte damals einen Anruf von Bekannten erhalten, die wussten, dass sie auf der Suche nach einem Kinderpony war. Max war mit einem Hänger losgeschickt worden und mit Runa zurückgekommen. Und das war auch schon das Ende der Geschichte.

Vorläufig zumindest, dachte Emily.

Das Wetter war seit ein paar Tagen frühsommerlich warm und Emily verbrachte jede freie Minute bei den Pferden. Meist setzte sie sich auf den Zaun und beobachtete die Tiere auf der Weide. Runa kam oft schon nach kurzer Zeit zu ihr getrottet. Emily hatte dann jedes Mal das Gefühl, ihr Pferd würde auf Neuigkeiten warten. Es brach ihr das Herz, noch immer nichts über Runas spurlos verschwundenen Freund herausgefunden zu haben.

Als Emily sich heute wie gewohnt auf den Zaun schwang und ihren Blick schweifen ließ, konnte sie ihre Stute zunächst nicht entdecken. Dann bemerkte sie einen unbeweglichen graubraunen Fleck in der Wiese, etwas abseits von den anderen Pferden. Emilys Herz blieb einen Augenblick stehen und begann dann, wie wild zu klopfen. Sie sprang vom Zaun und näherte sich Runa mit vorsichtigen Schritten. *Nein,* dachte Emily und vergaß zu atmen. *Nein, nein, nein!* Die Stute lag auf ihrer linken Seite, die Lippen geöffnet, sodass ihre Zähne sichtbar waren, die Augen halb geschlossen, der Hals nach hinten gestreckt. Emily hatte noch nie ein totes Pferd gesehen, aber in diesem Moment war sie von der lähmenden Gewissheit erfüllt, eines vor sich zu haben. Sie kniete sich neben Runas Kopf ins Gras und streckte vorsichtig die Hand nach ihren Nüstern aus. Warm und weich, wie immer. Und dann spürte sie eine ganz, ganz zarte Bewegung. Als die samtweiche Haut von Runas Nüstern sich unter ihren Fingern zu kräuseln begann, wusste Emily, dass sie diesen Augenblick nie vergessen würde. Die Stute hob ihren Kopf, und ihre dunklen Augen richteten sich auf Emilys.

»Runa«, flüsterte Emily, und dann noch einmal: »Runa.« Statt aufzuspringen, wie die meisten Pferde es machten, wenn man sie weckte, zog Runa nur die Vorderbeine unter ihren Körper. Sie drehte ihren Hals und gab Emily einen kleinen, zärtlichen Schubs mit dem Kopf, bevor sie ihn wieder sinken ließ. Emily fuhr sich mit der Hand über ihr nasses Gesicht. Sie wusste nicht, ob sie schon zu weinen angefangen hatte, als sie dachte, Runa sei tot, oder erst, als die Stute sich bewegt hatte, vor Erleichterung. Von einem Moment zum nächsten fühlte Emily sich so erschöpft, dass es ihr absolut unmöglich schien, aufzustehen und zurück zum Gatter zu gehen. Sie musste sich ausruhen, wenigstens ein paar Minuten. Emily rollte sich zusammen wie ein Kätzchen, kuschelte sich an ihr Pferd und schloss die Augen.

»Emily! Em, Schatz, wach auf!«

Emily wollte nicht aufwachen. Sie hatte ihre Mutter schon so lange nicht gesehen. »Evalynne«, murmelte sie.

»Emily. Ich bin's. Bist du okay? Hast du dir wehgetan?«

Emily blinzelte. Paulus' Gesicht schwebte über ihr und seine Stimme klang besorgt. Es war fast dunkel, und Emily hatte zunächst keine Ahnung, wo sie sich befand.

»Du bist mitten auf der Pferdekoppel eingeschlafen«, sagte Paulus. »Ich bin gekommen, um dich abzuholen, wie immer, aber niemand hatte dich gesehen. Seit einer Stunde suchen wir zu fünft jeden Winkel des ganzen Hofes ab.« Er schüttelte den Kopf. »Mitten auf der Koppel«, wiederholte er. »Wenn nun ein Pferd auf dich draufgestiegen wäre.«

»Runa hat doch auf mich aufgepasst.«

»Ach, Schatz …« Emily ergriff die Hand ihres Vaters und er half ihr beim Aufstehen.

»Mitten auf der Koppel«, sagte er noch einmal kopfschüttelnd, als könnte er es einfach nicht glauben. Kopfschütteln war auch die Reaktion von Johanna, als Paulus ihr erzählte, wo er Emily gefunden hatte. Emily selbst hatte nichts gesagt, sondern nur vor sich hin gestarrt und über alles nachgedacht.

»Ich dachte, Runa ist tot«, sagte Emily, als sie mit Paulus im Auto saß, auf dem Weg nach Hause. »Sie lag da und hat sich nicht bewegt. Ich war so erschrocken und dann plötzlich so müde. Und dann ist Evalynne gekommen.«

Paulus atmete scharf ein, und Emily wusste genau, warum. Sie hatte ewig nicht von Evalynne geträumt. Nach dem Tod ihrer Mutter war es fast so gewesen, als würde sie nun einfach die Nächte mit ihr verbringen statt wie früher die Tage. Im Traum ging sie mit ihrer Mutter Drachen steigen und ins Meer schwimmen. Sie legten im Traum Puzzles mit unendlich vielen Teilen oder backten Muffins. Tatsächlich hatte Emily die Träume länger gehabt, als Paulus ahnte. Sie hatte nur aufgehört, ihm davon zu erzählen, als ihr klar wurde, dass er nicht verstand, wie glücklich Emily bei diesen nächtlichen Abenteuern mit ihrer Mutter war. Ihn schienen sie traurig zu machen.

Aber in letzter Zeit waren die Träume tatsächlich sehr selten geworden und viel weniger lebendig – bis heute. Und sie musste Paulus einfach davon erzählen, weil sich der Traum besser festhalten ließ, wenn sie ihn beschrieb.

»Sie wollte Runa kennenlernen«, fuhr Emily fort. »Sie hat sich für mich gefreut, dass ich endlich ein Pferd habe. Runa hat ihr sogar erlaubt, auf ihr zu reiten.«

Emily runzelte die Stirn. Etwas war aus ihrer Erinnerung aufgetaucht, etwas, das keinen Sinn ergab. »Mutter und Kind«, murmelte sie.

»Emily?«

Paulus' Stimme klang sanft, als hoffte er, seine Tochter wäre wieder eingeschlafen und redete im Halbschlaf. Im Halbschlaf durfte man nämlich wirres Zeug reden.

Emily kniff die Augen zusammen und versuchte, sich zu erinnern. Aber mit Gewalt funktionierte es nicht, der Traum entglitt ihr nur schneller. Sie nahm einen tiefen

Atemzug, entspannte ihre Augenlider und versuchte, wieder in den Traum abzutauchen. Wiesengrün und Himmelblau. Der Duft von Gras und Pferd und dem Rosmarin-Shampoo ihrer Mutter. Die Traum-Emily spürte das Kitzeln von hohen Grashalmen an ihren nackten Armen und das zarte Schubsen von samtweichen Nüstern in ihrem Rücken.

»Nicht schubsen, Runa«, hörte sie sich sagen. Aber Runa konnte sie doch gar nicht schubsen, sie war ja weiter vorn mit Evalynne! *Ich muss mich umdrehen!,* dachte Emily. Und drehte sich um. Und sah in dunkle, von hellem Fell umrandete Augen. Die Stirn darüber war weich und puschelig, die Ohren länger als Runas. In einem ihrer Lieblingsbücher kamen ebensolche Augen vor und genau so eine puschelige Stirn.

»Aufwachen, Emily!«

Emily riss die Augen auf. »Ein Esel«, sagte sie verblüfft. Es gab nicht den geringsten Zweifel.

»Aufwachen«, wiederholte Paulus sanft. »Wir sind zu Hause!« Er hatte eindeutig beschlossen, dass sie sich im Halbschlaf befand und wirres Zeug redete.

Aber Emily war hellwach, als sie sich ihrem Vater zuwandte und erklärte: »Es ist ein Esel! Oder eine Eselin! Kein Pferd!«

Paulus' Blick war nun richtig besorgt. »Emily? Geht's dir gut? Runa ist zwar kleiner als andere Pferde, aber sie ist definitiv ein Pferd und …«

»Nicht Runa«, unterbrach Emily ungeduldig. »Ihr Freund. Oder ihre Freundin. Von früher, von da, wo sie herkommt. Es ist ein Esel, kein Pferd!«

Paulus atmete einmal tief durch. »Emmie«, sagte er. »Es war doch nur ein Traum. Ein Traum mit deiner Mama und Runa.«

»Und dem Esel«, fügte Emily hinzu.

»Dass Evalynne auf Runa geritten ist, war ja auch nicht wirklich«, sagte Paulus sanft. »Wie das so ist in einem Traum, oder? Also warum sollte es diesen Esel wirklich geben? Warum bist du überhaupt so sicher, dass Runa auf ein bestimmtes Pferd wartet …«

»Auf einen Esel«, korrigierte Emily. Paulus seufzte und sah, beide Hände noch um das Lenkrad geschlossen, geradeaus durch die Windschutzscheibe in die Dunkelheit. Emily blickte in dieselbe Dunkelheit hinaus, aber sie war sicher, dass sie nicht dasselbe sah wie Paulus. Ihre Wirklichkeit und seine Wirklichkeit, das waren immer schon zwei verschiedene Dinge gewesen.

»Es *war* wirklich. Nicht weniger wirklich, als jetzt gerade mit dir zu reden.« Sie sagte es ohne Trotz, aber mit Überzeugung. »Es war nur *anders* wirklich. Und ich weiß nicht, ob Runa mir den Esel gezeigt hat oder ob es Evalynne war. Aber er war *auch* wirklich.«

Paulus stieß erneut einen tiefen Seufzer aus.

»Okay«, sagte er. »Ein Esel also. Lass uns reingehen, Em. Ich bin völlig erledigt.«

Paulus stieg aus dem Auto, kramte seine Hausschlüssel aus der Hosentasche und nahm im Vorübergehen die Post aus dem Briefkasten.

Emily war noch dabei, im Windfang des alten Hauses ihre und Paulus' Schuhe ordentlich nebeneinanderzustellen, als sie hörte, wie ihr Vater ein Grunzgeräusch von sich gab, das sie nicht einordnen konnte.

»Was denn?«, fragte sie und folgte ihm in die Küche.

»Ach nichts.« Paulus ließ einen Brief in den Korb gleiten, in dem sie das Altpapier sammelten.

Emily sah ihn mit ihrem »Nichts«-gilt-nicht-Blick an. Wenn es ihn zum Grunzen brachte, war es nicht »nichts«. Wenn man es zum Altpapier geben konnte, war es auch nicht »nichts«. Es war *etwas,* und sie wollte wissen, was.

Emily zog eine Augenbraue in die Höhe und brachte Paulus damit zum Lächeln. »Ein Brief vom Sender«, sagte er schließlich. »Sie machen Interviews mit allen Gewinnern des letzten Jahres, um zu sehen, was aus ihnen geworden ist. Aber nur über meine Leiche kriegt diese Frau noch mal mein Kind in die Finger.«

Als die Sache mit der Fernsehshow überstanden war, hatte Emily aufgehört, zu lächeln, und den schlimmsten Zusammenbruch seit Evalynnes Tod gehabt. Fast zwei Wochen lang hatte sie weder gesprochen noch ihr Zimmer verlassen.

»Nur über deine Leiche«, wiederholte Emily.

»Das ist nicht wörtlich gemeint«, sagte Paulus schnell. »Du weißt doch, was es bedeutet, oder? Dass ich mich mit Händen und Füßen dagegen wehren würde. Dass ich eher sterben würde, als dich denen noch mal zu überlassen, wenn auch nur für ein blödes Interview, und wenn es hundertmal im Vertrag steht.«

Emily wollte gerade darauf hinweisen, dass Paulus etwas, was er nicht wörtlich gemeint hatte, mit etwas anderem erklärt hatte, was er vermutlich auch nicht wörtlich meinte, als Paulus' letzte Worte ihre Aufmerksamkeit weckten.

»Es steht hundertmal im Vertrag?«, fragte sie ungläubig, und Paulus seufzte.

»Nein, es steht *ein Mal* im Vertrag. Das genügt, aber wir lassen dir ein ärztliches Attest ausstellen, dass so eine Stresssituation für dich nicht zumutbar ist, kein Problem.«

Also *noch* etwas, das nicht wörtlich zu nehmen war. Emily wurde wieder einmal daran erinnert, wie viel einfacher es war, Tiere zu verstehen als Menschen. Da gab es keine Doppelsinnigkeit, keine Unwahrheit und keine versteckten Botschaften. Sprache konnte das Leben so kompliziert machen. Warum konnte nicht einfach jeder genau das sagen, was er meinte?

Paulus bemühte sich sonst immer sehr, Formulierungen zu vermeiden, die zweideutig waren, aber er war müde und hatte sich Sorgen um Emily machen müssen.

Mit Evalynne zu sprechen, war einfach gewesen. Nicht so einfach wie mit Tieren, aber einfacher als mit allen anderen Menschen. Auch jetzt, wenn ihre Mutter in einem Traum auftauchte, wusste Emily immer genau, was Evalynne ihr sagen wollte. Diesmal hatte sie ihr sagen wollen, dass sie sich für Emily freute, weil sie Runa gefunden hatte. Und dass Runas Freund, den sie so vermisste, kein Pferd war, sondern ein Esel.

Emily redet selbst

Mittwoch, 15:14, Reiterhof Glockenbach, Stall.

»Dein Vater muss Nerven haben wie Drahtseile«, erklärte Max kopfschüttelnd und schippte nach einem missbilligenden Blick zu Emily weiter Pferdemist in die Schubkarre. »Legt sich einfach auf die Koppel schlafen, das Mädel.«

Emily überlegte gerade, ob sie ihm erklären sollte, dass sie sich nicht wirklich auf der Koppel »schlafen gelegt« hatte, aber Max redete schon weiter.

»Und unsereins verbringt den Feierabend damit, das verschwundene Kind zu suchen«, brummte er weiter, »wenn man eigentlich schon gemütlich zu Hause sitzen und ein wohlverdientes Bier trinken sollte.« Er hielt kurz inne und betrachtete Emily erneut. »Aber mit dem Max kann man's ja machen«, fuhr er dann fort. »Der hat ja eh nichts Besseres zu tun.«

Dann ist es ja gut, hätte Emily beinahe erleichtert gesagt, doch sie schluckte es gerade noch runter. Falls Max' letzter Satz *nicht* wörtlich gemeint war, könnte ihn ihre Antwort verärgern. Und Max zu verärgern, war das Letzte, was Emily wollte.

»Es tut mir sehr leid«, sagte sie stattdessen, auch wenn sie nicht ganz sicher war, was genau ihr leidtat. Es tat ihr gewiss nicht leid, eingeschlafen zu sein, denn sonst hätte sie weder Evalynne im Traum gesehen noch das Pferd, das in Wirklichkeit ein Esel war.

Aber sich zu entschuldigen, wirkte manchmal Wunder, das hatte Paulus ihr beigebracht. Und tatsächlich schien Max jetzt etwas milder gestimmt.

»Schon gut«, brummte er und nickte Emily zu, als sie die Tür zu der Pferdebox, aus der er gerade seine Schubkarre gezogen hatte, hinter ihm schloss. Im nächsten Moment kippte die vollgeladene Karre beinahe zur Seite und der Gipfel des Pferdemist-Berges landete auf dem Boden der Stallgasse. »Verdammter Mist!«, schimpfte Max. Emily fragte sich, ob das wohl wörtlich gemeint oder nur zufällig so überaus zutreffend war.

»Man wäre dreimal so schnell und müsste sich nur halb so viel ärgern, wenn man ordentliches Arbeitsgerät hätte«, fuhr er ärgerlich fort. »Aber mit dem Max kann man's ja machen. Wen kümmert's, wenn er jeden Pferdeapfel dreimal aufkehren muss, weil die verfluchte Karre …« Das Schimpfen ging in ein Murmeln über, als Johanna draußen vorbeiging. Das ergab keinen Sinn, weil Emily davon ausging, dass sie es war, die eine neue Schubkarre kaufen müsste. Vielleicht wusste sie ja gar nicht, dass Max sich beim Arbeiten immer so ärgerte? Aber vielleicht ärgerte Max sich auch lieber, als mit Johanna darüber zu reden. Emily blickte da nicht durch, gab also auch keinen Kommentar ab, sondern nahm stattdessen Schippe und Stallbesen, sammelte die verstreuten Pferdeäpfel wieder auf und schubste sie dann vorsichtig zurück auf die Karre.

»Hmpf«, grunzte Max. Möglicherweise bedeutete das *Danke.* Emily lief hinter Max her, der vorsichtig mit der vollen, schwankenden Schubkarre in Richtung Misthaufen stapfte. Die Adern an seinen Armen traten hervor, weil er die Muskeln so stark anspannen musste. Emily war ziemlich sicher, dass es einfacher und weniger anstrengend wäre, nicht so viel Mist aufzutürmen und dafür den Trip zum Misthaufen öfter zu machen. Sie überholte Max und öffnete das Gatter für ihn. Sein Grunzen klang nun schon ein bisschen mehr wie *Danke* und Emily fasste Mut. Bestimmt hätte Lea in weniger als fünf Minuten die Antworten von Max gehabt, die Emily brauchte, aber Lea war seit gestern krank und Emily konnte nicht länger warten. Sie hatte vorher sehr genau überlegt, was sie zu Max sagen würde. Sie war vorbereitet. Emily holte tief Luft. »Damals, als du Runa

abgeholt hast …«, setzte sie an, »… war sie da das einzige Pferd?«

Max hatte eben den Mist auf den großen Misthaufen gekippt, hielt inne und sah Emily an, als hätte er keine Ahnung, wovon sie sprach.

»Das unberechenbare Pony«, erklärte Emily. »Das buckelt und Kinder abwirft. Mein Pferd.«

»Oh, das Pony«, sagte Max, runzelte die Stirn und kratzte sich nachdenklich am Hinterkopf, bevor er die Griffe der leeren Schubkarre in die Hände nahm und deutlich schnelleren Schrittes wieder zurückging. Emily öffnete erneut das Gatter für ihn. Diesmal kam kein Grunzen. Emily hoffte inständig, dass es daran lag, dass Max nachdachte.

»Ich war gar nicht im Stall«, sagte er schließlich. »Die konnten es nicht erwarten, das Pony loszuwerden. Haben schon vor dem Hof auf mich gewartet, als ich ankam. Hat keine fünf Minuten gedauert, das Ganze.«

Emily seufzte. »Und wo ist der Hof?«, fragte sie.

»In Frohndorf«, antwortete Max wie aus der Pistole geschossen. »Letztes Haus vor dem Ortsschild. Winziges Kaff. Nicht gerade um die Ecke und natürlich musste ich nach der Arbeit hinfahren. Gute Stunde. Aber mit dem Max kann man's ja machen.«

Emily fand, dass Max sehr überzeugt davon war, dass man mit ihm alles machen konnte. Paulus sagte immer, wenn man sich etwas lange genug einredete, dann kam es auch oft so. Vielleicht müsste er das mal Max erklären?

»Lammfromm in den Hänger spaziert, das Pony«, sagte Max dann und schüttelte wieder einmal den Kopf.

Wahrscheinlich ist Runas Freund schon vorher abgeholt worden, überlegte Emily. Vielleicht hat sie gedacht, sie wird zu ihm gebracht.

»Und dann stand sie hier am Zaun, wochenlang.« Max schüttelte den Kopf. »Verrücktes kleines Pferd. Wie bestellt und nicht abgeholt.«

Sie hat *gewartet,* dachte Emily. Sie hat auf ihren Freund gewartet. Und plötzlich spürte sie Runas Sehnsucht so stark, dass ihr schwindlig wurde. Ihre Hand tastete nach Halt, aber da war nichts, sie griff ins Leere und stolperte. Im nächsten Moment hatte Max sie am Ellbogen gepackt und hielt sie so lange fest, bis sie drei-, viermal Luft geholt hatte. Dann ließ er los, zu Emilys Überraschung genau im richtigen Moment. Er machte einen halben Schritt von ihr weg und betrachtete sie prüfend. Jetzt, wo der Schwindel vorbei war, spürte Emily, dass eine dicke Träne über ihre linke Wange lief.

»Na, na«, sagte Max mit rauer Stimme und räusperte sich. »Ist ja alles gut.«

Noch nicht, dachte Emily.

Max schüttelte erneut den Kopf. »Dass so ein Sensibelchen wie du bis zur Schlussrunde die Nerven behalten hat«, meinte er, »werd ich nie verstehen.«

Diesmal brauchte Emily etwas länger, bis ihr klar war, was Max meinte. Die TV-Show.

»Würdest du es noch mal machen?«, fragte Max und betrachtete sie erstmals mit so was wie Interesse.

»Nein«, antwortete Emily sofort, und Max lachte. »Dann wirst du wohl keine Millionen für den lieben Max gewinnen.«

»Nein«, wiederholte Emily, und Max lachte erneut, dann ließ er sie stehen und fuhr mit seiner Schubkarre weiter. Emily konnte ihn seinen Kopf schütteln sehen, bis er im Stalleingang verschwunden war.

*

Donnerstag, 9:50, Schule, Klassenraum.

»Du hast schon wieder dieselbe Hose an.«

Emily blickte auf. Ben sah sie an, als hätte Emily ihre blauen Leggins extra angezogen, um ihn zur Weißglut zu bringen. Sein Freund Anton stand daneben und grinste.

»Es ist nicht *dieselbe* Hose«, sagte Emily, denn das war das einzig Sinnvolle, das ihr zu Bens Bemerkung einfiel. »Es ist die *gleiche.*«

Emily mochte weiche, bequeme Kleidung. Und blau war ihre Lieblingsfarbe. Wenn sie ein Kleidungsstück gefunden hatte, das sie richtig gern mochte, kaufte Paulus es gleich mehrfach für sie, das erleichterte den Alltag enorm. Also besaß sie vier gleiche blaue Leggins.

»Dieselbe, die gleiche, alles dasselbe«, erklärte Ben.

»Nein«, gab Emily zurück. »Dieselbe Leggins ist ein und dieselbe. Es kann sie nur einmal geben. Ich habe aber vier gleiche.«

Anton sah verwirrt aus und Ben noch wütender.

»Die stinken alle!«, sagte Ben, und Anton lachte, als hätte sein Freund etwas unglaublich Witziges gesagt. »Wäscht deine Mutter keine Wäsche?«

Emily öffnete eben den Mund, um zu erklären, dass gestorbene Mütter keine Wäsche wuschen und Paulus sich daher um den Haushalt kümmerte, aber sie kam nicht dazu.

»Das reicht, Ben!« Frau Paulsen, die Klassenlehrerin mit der Narbe, war plötzlich aufgetaucht. »Du hast das sicher nicht so gemeint, wie du's gesagt hast«, fügte sie hinzu.

Ben kniff die Lippen zusammen und starrte auf den Boden.

»Oder?«

Ben schüttelte widerwillig den Kopf.

»Dann bist du sicher bereit, dich zu entschuldigen, damit Emily auch *weiß*, dass es nicht so gemeint war.«

Emily konnte sehen, dass Bens Kiefer sich bewegten, als würde er etwas damit zermalmen wollen.

»Anton«, sagte Frau Paulsen. »Du hast doch heute Tafeldienst, oder?«

Anton sah die Lehrerin an und blinzelte zweimal, dann schien er verstanden zu haben, was sie von ihm wollte. Er verzog sich mit einem »Immer-wenn-es-spannend-wird«-Blick zur Tafel, nahm den Schwamm und begann, alles auszulöschen, was daraufstand.

»Also, Ben?«, wandte sich Irene Paulsen wieder dem anderen Jungen zu.

»'tschuldigung«, murmelte Ben, ohne Emily anzusehen, wandte sich ab und stampfte davon.

»Ich könnte ihn zurückholen, damit er sich richtig entschuldigt«, sagte Frau Paulsen mit einem Seufzer. »Aber ich glaube, es würde nichts bringen.«

»Ich weiß nicht, was schlimmer ist«, antwortete Emily nachdenklich. »Jemand, der sich entschuldigt, ohne es ernst zu meinen. Oder jemand, der gar nicht merkt, dass er sich für etwas entschuldigen muss.«

Die Lehrerin runzelte die Stirn. »Ich verstehe nicht ganz, worauf du hinauswillst«, sagte sie.

»Lea hat mir erklärt, dass es gemein war, was ich gesagt habe. Über die Narbe.«

Irene Paulsen errötete und glättete unwillkürlich ihren Pony mit den Fingern, um damit den oberen Teil der roten Narbe zu verstecken.

»Ist schon gut, Emily«, sagte sie hastig. »Ich weiß, dass du es nicht böse gemeint hast.«

»Nicht nur nicht böse«, sagte Emily. »Ich finde die Narbe schön. Einzigartig.«

Frau Paulsen zog die Stirn in Falten und meinte dann mit einem kleinen Lächeln: »Ähm, danke sehr. Schätze ich.«

»Gern geschehen«, sagte Emily höflich und seufzte tief. Das war schwierig gewesen, und sie fand, sie hatte es sehr gut gemacht.

»Und ich möchte unbedingt, dass du zu mir kommst, wenn es Probleme mit Ben gibt«, sagte Frau Paulsen jetzt eindringlich. »Oder mit einem anderen Kind. Hörst du?«

Emily nickte, aber sie wusste, dass ihr Nicken eigentlich schon so etwas wie eine Lüge war. Sie würde bestimmt nicht zu ihrer Lehrerin gehen und sich über Ben oder sonst jemanden beschweren. Schließlich wurde sie immer besser darin, für sich selbst zu sprechen.

Sky

Samstag, 10:48, Nähe Frohndorf.

Rund um Frohndorf war es sehr grün und perfekt für ein Picknick. Während der Autofahrt hatte es geregnet, aber als Paulus und Emily nun durch die nasse Wiese stapften, kam eben die Sonne hervor. Paulus fotografierte einen Regenbogen, und Emily tat so, als würde sie nicht merken, dass er auch von ihr ein paar Fotos machte. Sie mochte sein Lächeln, wenn er danach durch den Speicher seiner Kamera klickte, zufrieden mit seiner Beute.

Spaziergang und Picknick, danach ein Abstecher nach Frohndorf, um zu sehen, wo Runa vorher gelebt hatte, und vielleicht etwas darüber zu erfahren, was aus den anderen Tieren dort geworden war. Falls es noch andere Tiere gegeben hatte. Das war der Kompromiss, den Vater und Tochter geschlossen hatten und bei dem Paulus nicht das Gefühl hatte, einem »Phantom« hinterherzujagen.

Sie entschieden sich für einen Picknickplatz am Waldrand mit Blick über die Felder und auf den kleinen Ort.

»Em«, sagte Paulus, der den ganzen Spaziergang über schweigsamer gewesen war als normalerweise. »Ich hab eine Anfrage bekommen. Wegen einer Hochzeit. Es wäre der erste größere Job, seit wir umgezogen sind.«

Der Wohnortwechsel hatte für Paulus beruflich einen Rückschlag bedeutet. Damit war zu rechnen gewesen, doch obwohl Emilys enormer Geldgewinn die beiden auf viele Jahre hinaus unabhängig machte, fühlte er sich nicht wohl dabei, so wenig zu tun zu haben. Paulus liebte seinen Job.

»Aber ich wäre ein ganzes Wochenende weg«, redete Paulus weiter. »Donnerstagnachmittag bis Sonntagabend. Die Hochzeit ist in Italien.«

»Oh.« Emily runzelte die Stirn.

Seit Evalynnes Tod war Paulus immer für sie da gewesen. *Immer.*

Es war nicht normal, dass Eltern immer da waren. Eltern waren erwachsen und wollten manchmal Erwachsenendinge tun, ohne ihre Kinder. Schlagartig wurde Emily klar, dass Paulus andere Menschen brauchte. Ihr Vater musste manchmal hinaus in die Welt und Paulus-Dinge tun, nicht nur Papa-Dinge. Und deshalb überlegte sie keinen Augenblick, als Paulus jetzt zögernd sagte: »Ich hab mich gefragt, ob wir vielleicht Lea und ihre Eltern fragen könnten, ob du eventuell bei ihnen …«

»Gute Idee«, sagte sie.

Paulus schien mit dieser Reaktion nicht gerechnet zu haben. »Wirklich?« Es klang völlig verblüfft.

»Wirklich.« Damit war die Sache für Emily abgehakt und sie wandte ihre Aufmerksamkeit wieder der Aussicht auf Frohndorf zu.

Das Dorf war winzig. Emily konnte beide Ortsschilder sehen und zählte auf der Seite jenseits der Hauptstraße sieben Gebäude. Die andere Seite des Dorfes war von Büschen und Bäumen verborgen, aber Emily stellte sich vor, dass es auch da sieben Häuser gab. Symmetrie hatte so etwas Beruhigendes. Wenn es auf beiden Seiten sieben Häuser gab, war das ein gutes Zeichen, beschloss Emily. Wenn Frohndorf symmetrisch war, würde sie den Esel aus dem Traum finden.

Paulus begann, das mitgebrachte Frühstück auszupacken, während Emily weiter auf das Dorf starrte. Die Hauptstraße, die durch den kleinen Ort führte, war nicht stark befahren, aber dennoch drangen Motorengeräusche zu ihnen herauf. Wahrscheinlich mähte irgendwo im Dorf jemand Rasen oder zersägte Holz?

Eben tauchte auf der gewundenen Hauptstraße eine Art Bagger mit einer großen Schaufel auf und fuhr auf Frohndorf zu. Das leuchtend gelbe Ding fuhr an der Ortstafel vorbei und verschwand hinter den Bäumen.

»Bon appétit«, sagte Paulus und hielt Emily eine vorgetoastete Brötchenhälfte vor die Nase, auf der er eine halbe Avocado und ein paar Tomatenstückchen verteilt hatte. Emily warf nur einen kurzen Blick darauf. Das gelbe Raupenfahrzeug war nicht durch das Dorf durchgefahren. Es war nicht einmal bis zur Ortsmitte gekommen, wo die Büsche und Bäume etwas weniger dicht standen und man zwischen Ästen und Blättern hindurch ein Stück Kirchplatz erspähen konnte.

Die Baustelle musste sich also am Ortsbeginn befinden …

»Wir müssen *jetzt* nach Frohndorf!« Emily war aufgesprungen und hatte vor Aufregung beinahe das Avocadobrötchen aus Paulus' Hand geschlagen. »Jetzt sofort!«

»Emily«, sagte Paulus, ein bisschen ärgerlich. »Wir hatten einen Deal. Und du hast noch nichts gegessen. Wenn wir in Ruhe gefrühstückt haben …«

»Wenn wir in Ruhe gefrühstückt haben, ist vielleicht nichts mehr von Runas Zuhause übrig!«, unterbrach Emily. Sie konnte selbst hören, wie hoch und quietschig ihre Stimme plötzlich geworden war. Damit ihre Hände nicht anfingen, wie wild aneinanderzuklatschen, hatte sie sie zu Fäusten geballt. Aber dafür hüpften nun ihre Füße auf und ab, ohne dass sie etwas dagegen tun konnte. Die Aufregung war zu groß, und auch wenn sie die Alarmglocken in Paulus' Augen erkannte, sie konnte nicht anders. Mit aller Macht unterdrückte sie das wütende, verzweifelte Wimmern, das aus ihrem Bauch aufsteigen wollte. Denn dann wäre es für heute vorbei mit all ihren Plänen. Wer wusste, ob Paulus dann nicht sogar beschloss, dass es schlecht für sie war, nach dem Esel zu suchen. Oder ein Pferd zu haben. Sie presste die Lippen aufeinander und versuchte, tief durch die Nase einzuatmen und doppelt so lange auszuatmen. Es half ein bisschen.

»Bitte, Paulus«, flüsterte sie. Sie musste jetzt da runter, jetzt, jetzt, *jetzt.*

Ihr Vater seufzte und begann, alles, was er eben so liebevoll auf der Decke angerichtet hatte, hastig wieder einzupacken. »Dieses Brötchen war perfekt«, murmelte er. Aber Emily antwortete nicht. Sie hatte den Riemen ihres Rucksacks über eine Schulter geschlungen und lief den Weg zurück, den sie eben gekommen waren, Richtung Auto.

Emily sprang aus dem Wagen, noch bevor Paulus den Motor ausgeschaltet hatte. »Warte, Emily, du weißt doch gar nicht, ob das hier …«

Aber Emily wusste. Es war das letzte Haus vor dem Ortsschild auf der linken Seite. Allerdings gab es kein Haus mehr, nur noch Reste von Grundmauern. Deshalb konnte man auch auf den hinteren Teil des Grundstücks sehen, wo der große Bagger eben die Wand eines Stallgebäudes niederriss.

Emily lief an einer dröhnenden Betonmischmaschine vorbei und sprang über Ziegelhaufen und Mauerreste. Sie hörte nicht auf den Mann in der blauen Latzhose, der ihr hektisch winkte, dass sie stehen bleiben sollte.

»Emily!«

Sie aktivierte ihren Paulus-Schallfilter und rannte nur noch schneller. Unter dem Baggergreifarm hindurch und hinein in den Stall oder was davon übrig war. Drei Steinmauern, ein paar Holztrennwände und ein Haufen Schutt und Bretter in einer der zwei verbliebenen Ecken. Der Baggerführer hatte Emily wohl

nicht bemerkt, denn im nächsten Moment attackierte der mechanische Arm eine weitere Mauer, und ein Ziegelregen ging rund um Emily nieder. Sie spürte ein Brennen am Arm, doch sie achtete nicht darauf. Mit ein paar Schritten war sie bei dem Schutthaufen und griff nach einem rechteckigen Stück Holz, das daraus hervorragte. Die kleine Holzplanke hatte zwei Löcher, durch die eine feste Schnur gezogen war. Emily drehte sie in den Händen. »RUNA« stand in hübschen, altmodischen Buchstaben auf der Vorderseite, in roter Lackfarbe. Den Rand entlang hatte jemand rundherum liebevoll eine Ranke mit kleinen Blümchen gemalt. Wie durch einen dichten Nebel hörte sie das Rufen von Männern, nahm wahr, dass das Motorengeräusch des Baggers stoppte. Jeden Augenblick würde Paulus hinter ihr auftauchen. Emily ließ sich auf die Knie fallen und wühlte mit beiden Händen in dem Schutthaufen, bis sie gefunden hatte, was sie suchte. Das zweite Schild sah etwas mitgenommen aus, ein fetter, rostiger Nagel, der aus einem Holzpflock herausragte, hatte sich halb durchgebohrt. Bei dem Versuch, das Schild von dem Pflock zu trennen, rammte Emily sich einen Splitter tief in den Zeigefinger, aber dann hielt sie es endlich in den Händen. Blaue Blümchen rankten sich den Rand entlang um drei Buchstaben: »SKY«.

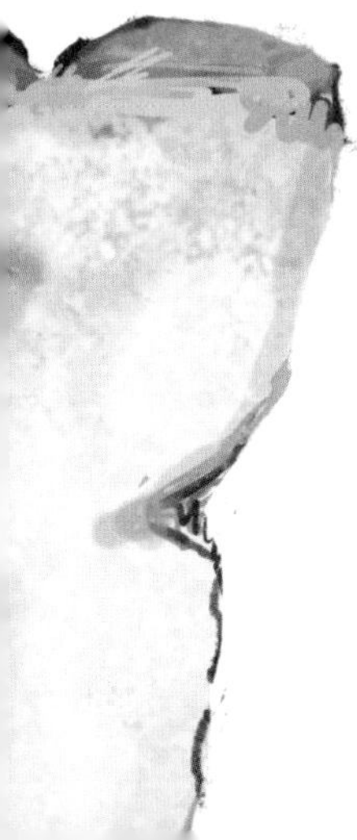

Alles für Karamellkekse

12:56, bei Paulus und Emily, Badezimmer.

»Hab ich dir schon mal erzählt, wie das war, als deine Mutter mitten in der Nacht aufgewacht ist und Lust auf Karamellkekse hatte, als sie mit dir schwanger war?«

»Ja.«

Paulus hatte eben mit einer Pinzette den Splitter aus Emilys Finger gezogen, nun hielt er ihren Arm über das Waschbecken und spülte den Finger und die heftige Schürfwunde großzügig mit einem dunkelrotbraunen Desinfektionsmittel. »Es mussten diese Kekse sein. Sofort. Auf der Stelle.« Paulus redete, als hätte Emily gar nicht geantwortet, woraus sie schloss, dass er die Geschichte einfach gern erzählen wollte, vielleicht, weil es ihn beruhigte. Er war ziemlich aufgeregt gewesen, als er sie aus dem Stall rausgeholt hatte, und hatte sehr viele Sätze gesagt, die mit »Was, wenn …« begannen. »Was, wenn dich so ein Ziegel auf dem Kopf getroffen und nicht nur deinen Arm gestreift hätte?«, »Was, wenn der rostige Nagel sich durch deine Hand gebohrt hätte?«, »Was, wenn der Greifarm *dich* erwischt hätte?«

Emily verzichtete darauf, ihrem Vater zu erklären, dass all das ja nicht passiert war und man sich deshalb auch nicht drüber aufregen musste. Es war seine Art, Stress abzubauen. So, wie sie selbst mit den Händen klatschte, auf und ab hüpfte und manchmal seltsame Geräusche von sich gab oder auch völlig teilnahmslos wurde, so öffnete Paulus bei Stress das Plapperventil.

»Sie ist mitten in der Nacht aufgewacht, hat mich geweckt und gesagt: *Paulus, ich brauche Karamellkekse.*«

Während er Emilys Arm verband, erzählte Paulus die Geschichte des nächtlichen Trips kreuz und quer durch die ganze Stadt, bei dem sie die unmöglichsten Dinge erlebt und alle möglichen Kekse gekauft hatten, nur die richtigen waren nicht dabei gewesen.

Emily sah zu, wie Paulus ein Pflaster mit kleinen Bären drauf über die Stelle an ihrem Finger klebte, wo der Splitter dringesteckt hatte. Er schien sich in seinen Gedanken verloren zu haben, denn er erzählte nicht weiter.

Emily mochte es nicht, wenn Geschichten unvollendet blieben. »Und als ihr die Kekse endlich gefunden habt, wollte sie gar keinen essen«, fuhr sie also selbst fort.

»Genau.« Paulus schüttelte den Kopf, als könnte er es

immer noch nicht glauben. »Sie hatte schon längst keine Lust mehr auf Karamellkekse gehabt. Aber sie fand die Jagd danach lustig und wollte nicht aufgeben.«

»Bei mir ist es aber anders«, erklärte Emily. »Ich habe immer noch Lust auf Karamellkekse, sozusagen.«

»Aber du gibst auch nie auf«, gab Paulus zurück.

Emily antwortete darauf nicht. »Sehr schön hast du das verbunden«, sagte sie nur.

Darauf antwortete wiederum Paulus nicht.

»Der Nachbar hat mir erzählt, dass die alte Frau über zwanzig Jahre allein gelebt hat«, sagte er stattdessen. »Nur mit ihren Tieren.«

»Dann war sie ja nicht allein.«

Paulus ignorierte Emilys Bemerkung. »Sie hat so gut wie nie mit den Leuten im Dorf gesprochen. Ein pensionierter Tierarzt war manchmal da, den sie schon lange kannte, und zweimal im Jahr kam der Neffe zu Besuch, der jetzt alles geerbt hat. Traurig.« Paulus seufzte, und Emily wusste auch, warum. Er hatte Angst, dass Emilys Zukunft so aussehen könnte. Allein mit Katzen und Hühnern und Pferden. Für Emily klang das einfach nur sehr friedlich.

»Vielleicht wollte sie das so«, sagte Emily. »Vielleicht war sie gar nicht traurig.«

Paulus antwortete wieder nicht direkt. »Sie hat testamentarisch festgelegt, dass nach ihrem Tod alle ihre Tiere an gute Plätze vergeben werden«, fuhr er fort. »Vorher durfte das Haus nicht verkauft werden. Der Notar hat alles genau überprüft.«

Paulus hatte sich eigentlich nur dafür entschuldigen wollen, dass sein Kind auf die Baustelle gestürmt war. Dabei hatte sich herausgestellt, dass der Baggerführer genau gegenüber wohnte und einiges über Runas frühere Besitzerin wusste.

Aber auch er konnte nichts Genaues über die Tiere sagen oder darüber, wo sie alle untergekommen waren. Den Namen des Notars wusste er auch nicht. Und der Tierarzt war inzwischen nach Florida gezogen.

»Du wolltest doch noch zum Baumarkt fahren«, sagte Emily plötzlich. Sie hatte sich auf den Rand der Badewanne gesetzt, während ihr Vater das Waschbecken ausspülte.

Paulus winkte ab. »Nicht so dringend. Kann ich auch am Montag machen. Wir bleiben jetzt zu Hause und du ruhst dich aus.«

»Ich muss mich nicht ausruhen«, erklärte Emily und sprang auf. »Ich bin topfit.«

Paulus runzelte die Stirn. »Vielleicht muss *ich* mich ja ausruhen«, gab er zurück. »Mein Kind ist manchmal etwas anstrengend.«

»Du brauchst was vom Baumarkt«, wiederholte Emily und fügte hinzu: »Und ich brauche auch etwas. Und wenn wir nicht gleich fahren, wird es zu spät für den Stall.«

»Ach, in den Stall fahren wir auch noch? Das wusste ich noch gar nicht.«

»Aber jetzt weißt du es.«

»Und wenn ich was anderes vorhätte?«

»*Hast* du denn was anderes vor?«

Paulus rollte mit den Augen. »Nein.«

Emily zuckte mit den Schultern und verließ das Badezimmer. »Ich setz mich schon mal ins Auto«, sagte sie.

*

15:02, Pferdehof Glockenbach.

»Das«, sagte Max und kratzte sich hinter dem Ohr. »Das ist …« Er kratzte sich hinter dem anderen Ohr. Dann wischte er sich mit der Hand über Stirn und Augen, obwohl ihm kein einziger Schweißtropfen auf der Stirn stand. »Das ist wirklich …«

»Gern geschehen«, antwortete Emily auf gut Glück. »Ohne dich hätten wir Runas altes Zuhause nicht gefunden.«

Paulus stellte die brandneue Luxus-Schubkarre mit den breiten Gummirädern so vor Max hin, dass der nicht anders konnte, als sie endlich bei den Griffen zu nehmen. »Emily ist auf der Suche nach Runas früherem Stallgefährten«, erklärte er.

Max' Adamsapfel hüpfte unter der braun gebrannten Haut mit den Bartstoppeln, als er noch einmal mächtig schluckte. »Das habe ich gehört«, antwortete er dann. »Aber ich habe kein anderes Pferd dort gesehen.«

»Es ist ein Esel«, warf Emily ein.

»Es ist möglicherweise ein Esel«, korrigierte Paulus. »Oder eine Eselin.« Er warf seiner Tochter einen Blick zu. »Oder weißt du da auch schon genau Bescheid?«

»Die Blümchen auf dem Namensschild sind blau«, sagte Emily nur. Sky war bestimmt ein Junge. Aber es ging ihr nicht darum, recht zu haben – nur darum, ihn zu finden.

»Man müsste einen Aufruf im Radio oder Fernsehen schalten«, meinte Max nachdenklich. »Dann hört oder sieht es sicher jemand, der weiterhelfen kann.«

»Ja«, sagte Paulus und zuckte mit den Achseln. »Aber *so* viel Geld haben wir nun auch wieder nicht gewonnen.«

Im Radio oder im Fernsehen, dachte Emily und runzelte die Stirn. Irgendetwas war ihr gerade eingefallen, nur wusste sie noch nicht, was es war. Das passierte manchmal.

Ein bunter Gedanke lief so weit hinten in ihrem Gehirn vorbei, dass sie ihn nicht richtig zu fassen bekam. Aber sie wusste, dass er da war. Sie würde sich auf die Lauer legen, und wenn er das nächste Mal auftauchte, würde sie bereit sein und ihn sich schnappen. Es war alles eine Frage der Aufmerksamkeit.

Max nickte verständnisvoll. »Kinder sind teuer«, sagte er. »Mir müssen Sie nichts erzählen. Ich habe drei Stück. Alle erwachsen und wollen immer noch ständig was. Aber fragt vielleicht auch mal jemand, was *ich* will …?« Max brach mitten im Satz ab, senkte den Blick auf die wunderschöne, silberglänzende, nagelneue Schubkarre mit den roten Kunststoffgriffen. Erneut fuhr er sich mit der Hand über die Augen und wieder hüpfte der Adamsapfel.

»Danke sehr«, sagte er schließlich heiser.

»Gern geschehen«, sagte jetzt auch Paulus. Emily war zu beschäftigt mit ihrem entflohenen Gedanken. Sie schaute noch kurz bei Runa vorbei, die wie immer ein wenig abseits der anderen Pferde stand. *»Bald«*, dachte Emily ganz laut in Runas Richtung. *»Bald kommt Sky.«* Runa verscheuchte mit dem Kopf eine Fliege, und es sah aus, als würde sie nicken.

Während der Fahrt nach Hause hielt Emily die Augen geschlossen und lauerte dem bunten Gedanken auf, aber er wollte nicht wiederkommen. Sie musste es unauffälliger machen, dachte Emily. Der Gedanke durfte nicht mitkriegen, wie wichtig er war, oder er würde sich erst recht verstecken.

Emily atmete ein paarmal tief durch und versuchte, sich zu entspannen. Der Gedanke blieb verschwunden.

»Du bist aber still«, bemerkte Paulus irgendwann, und Emily nickte.

Zu Hause angekommen, beschlossen die beiden, ihr Picknick einfach im Garten nachzuholen. Emily nahm die Decke aus dem großen Rucksack ihres Vaters und wollte hinausgehen, um sie unter dem Apfelbaum aufzulegen. »Nimmst du bitte das Altpapier mit?«, rief Paulus, und Emily nahm ihm den Eimer mit Werbung und alten Zeitungen ab. Sie wollte den Inhalt gerade in die große Altpapiertonne kippen, als der Gedanke wieder auftauchte. Bunt und verrückt und gefährlich tanzte er in ihrem Kopf. Stück für Stück ließ Emily den Inhalt des kleinen Eimers in den des großen fallen, bis sie den Brief des Senders in der Hand hielt.

»Emmy, kommst du?«

Hastig faltete Emily den Brief klein zusammen und steckte ihn in die Kängurutasche ihres Hoodies.

»Komme!«, rief sie.

Psssssssst!

Mittwoch, 15:59, bei Lea.

»Das ist echt lieb von dir, Lea mit Mathe zu helfen«, sagte Leas Mutter, als sie Emily die Tür öffnete.

»Lea ist meine Freundin«, antwortete Emily. Im selben Augenblick wurde ihr klar, dass sie noch nie gesagt hatte, jemand sei ihr Freund oder ihre Freundin. »Meine erste Freundin.« Erschrocken sah Emily auf. Sie hatte laut gedacht. Aber Leas Mutter lächelte nur und meinte: »Das ist doch schön.«

Einen Augenblick lang fürchtete Emily, Leas Mutter würde sie nach diesem irrtümlichen Geständnis womöglich umarmen, aber die sagte nur: »Lea ist schon wieder ziemlich fit, geh einfach rein. Ich bin im Arbeitszimmer, falls ihr mich braucht.«

»Emily!« Eine Tür öffnete sich und Leas Lockenkopf tauchte auf. »Da bist du ja! Hast du mich vermisst?«

Emily runzelte die Stirn und überlegte. Hatte sie Lea vermisst? Sie hatte noch nicht darüber nachgedacht, aber nun, wo sie die vergangenen Schultage ohne Lea an sich vorbeiziehen ließ, fiel ihr auf, dass sie sich mit niemandem unterhalten hatte. Es war nicht so, dass es Emily störte, für sich zu sein, aber wenn sie den Vergleich anstellte, an welchen Tagen sie fröhlicher gewesen war, an denen mit Lea oder an denen ohne Lea, dann …

»Oh Mann«, unterbrach Lea Emilys Gedankengang. Sie hatte ihr Gesicht zu einer komischen Grimasse verzogen. »Komm einfach rein, ja?«

Emily betrat Leas Zimmer, setzte sich auf den Stuhl, den Lea herangezogen hatte, und holte die Mathe-Arbeitsblätter aus ihrem Rucksack. »Herr Buchholz hat mich gebeten, dir die zu geben und dir alles zu erklären.« Sie zuckte mit den Schultern. »Auch wenn ich nicht weiß, was es da groß zu erklären gibt.«

»Das liegt wahrscheinlich daran, dass du ein Genie bist«, meinte Lea und rollte mit den Augen.

»Wahrscheinlich«, antwortete Emily. Sie legte die Blätter auf den Tisch und holte tief Luft. Es war nicht einfach, zu sagen, was sie sagen wollte, aber es ging nicht anders. Sie brauchte Hilfe, und Lea war die Einzige, die sie darum bitten konnte.

»Was ist los?«, fragte Lea. »Du siehst aus wie ein Huhn, das gerade ein Ei ausbrütet.«

Emily hatte kein Problem damit, mit einem Huhn verglichen zu werden. Hühner waren cool und viel klüger, als die meisten Leute dachten.

»Wir sind doch Freunde, oder?«, fragte Emily.

»Natürlich sind wir Freunde«, gab Lea zurück. »Nun geh endlich von dem Ei runter, du komisches Huhn!«

Das Bild von dem Huhn und dem Ei verwirrte Emily nun doch und sie vergaß den Anfang ihrer vorbereiteten Rede.

»Nun sag schon endlich, was los ist!«, sagte Lea ungeduldig.

»Okay.« Emilys Herz klopfte sehr schnell und sehr laut. Sie ballte ihre Hände abwechselnd zu Fäusten und streckte die Finger wieder aus. Fäuste ballen, Finger ausstrecken. Fäuste ballen, Finger ausstrecken. Ohne dass sie es wollte, begannen ihre Füße, unter dem Schreibtisch zu wippen.

»Em«, sagte Lea. Sie streckte ihre Hand aus und ihre Finger schlossen sich für einen Augenblick ganz fest um Emilys Faust. »Sag es einfach.«

Die Berührung war nicht unangenehm gewesen.

»Ist gut«, sagte Emily mit einem Seufzer und erklärte Lea ihren Plan.

Als sie fertig war, saß Lea da, starrte vor sich hin und kaute angestrengt an dem Nagel ihres kleinen Fingers.

»Also dein Vater darf nichts mitkriegen?«, fragte sie.

»Genau.«

Lea nickte ein paarmal langsam. »Dann darf meine Mutter auch nichts mitkriegen, denn Eltern haben die Angewohnheit, zusammenzuhalten.«

Ängstlich beobachtete Emily das Gesicht ihrer Freundin. Lea grinste breit. »Wir kriegen das schon hin«, sagte sie. »Wenn du ganz sicher bist, dass du das machen willst?«

Emily nickte. Sie war ganz sicher. Auch wenn bei der Vorstellung ihre Füße wieder zu wippen begannen und ihr Herz wieder viel zu schnell klopfte. Sie hatte Angst. Aber sie wollte, dass Runa glücklich war. Dafür lohnte es sich, ein bisschen Angst zu haben. Oder sogar ein bisschen viel Angst. Ein bisschen sehr viel. »Ich bin ganz sicher«, sagte sie vielleicht etwas zu laut, um sich selbst Mut zu machen.

Lea öffnete gerade den Mund, um zu antworten, als es draußen an der Haustür Sturm läutete und beide Mädchen erschrocken hochfuhren.

Emily hasste Türglocken. Sie waren zu schrill und zu laut und klingelten immer im falschen Moment.

»Ich geh schon, Mom!«, brüllte Lea, die offenbar ein freundschaftlicheres Verhältnis zu Türglocken hatte. Es klingelte noch einmal und noch mal und noch mal – und dann hörte es überhaupt nicht mehr auf. Emily presste die Handflächen auf ihre Ohren, der Lärm tat ihr richtig weh.

»Was ist denn da los?«, rief Lea verblüfft und sprintete hinaus. Ihre Mutter war auch aus dem Arbeitszimmer gekommen, Emily konnte die Stimmen der beiden aus dem Flur hören. Und dann hörte sie noch eine Stimme, und wenn sie sich nicht sehr täuschte, kannte sie diese ebenfalls. Vorsichtig lugte sie aus Leas Zimmer in den Flur. Tatsächlich, da stand Ben vor der Tür, redete mit Lea und ihrer Mutter und schien sehr aufgeregt. Weinte er etwa?

Fast ohne es zu merken, war Emily den Flur entlanggegangen, auf das Grüppchen zu.

»Ich wollte das nicht«, stieß Ben hervor. »Aber sie hat mich angeschrien und ich hab zurückgeschrien und dann bin ich zur Tür raus und hab die Haustür offen gelassen.« Er schniefte. »Und das Gartentor.«

»Shit!«, sagten Lea und ihre Mutter gleichzeitig.

»Wenn Tony überfahren wird«, sagte Ben mit gepresster Stimme, »dann verzeih ich mir das nie. Niemals.«

»Es geht ihr bestimmt gut«, antwortete Lea tröstend. »Vielleicht ist sie sogar schon wieder da, wenn du nach Hause kommst.«

»Und wenn nicht?«, fragte Ben. »Wenn sie einfach immer weiterrennt?«

»Sie ist nicht weggerannt«, schaltete sich eine weitere Stimme ein. »Sie hat sich nur versteckt.«

Erst als Lea und ihre Mutter sich verblüfft zu ihr umdrehten und Bens Blick auf ihren traf, begriff Emily, dass sie es selbst gewesen war, die diesen Gedanken ausgesprochen hatte.

»Woher willst du das wissen?«, fauchte Ben, und Emily wich unwillkürlich vor ihm zurück.

»Halt die Klappe, Ben!«, sagte Lea und wandte sich Emily zu.

»Emily, weißt du, wo Tony ist?«

Emily zögerte. »Ich weiß, wo sie sein könnte«, meinte sie schließlich.

Lea nickte. »Wenn Ben die Klappe hält«, sagte sie dann langsam, »würdest du ihm dann helfen, sie zu finden? Er liebt Tony wirklich sehr.«

»Aber er versteht sie nicht«, antwortete Emily wie aus der Pistole geschossen. »Er versucht gar nicht, sie zu verstehen.«

»Emily«, sagte Lea wieder, im selben eindringlichen Tonfall wie zuvor. »Kannst du ihm vielleicht helfen, sie zu verstehen?«

Emily zuckte mit den Schultern.

»Emily?«, wiederholte Lea fragend.

»Okay«, sagte Emily.

Lea seufzte erleichtert. »Und du benimmst dich«, sagte sie zu Ben. »Heute und überhaupt.«

Ben nickte sichtlich widerstrebend. »Weißt du nun, wo Tony ist?«, fragte er Emily.

Sie ignorierte die Frage und stellte ihre eigene. »Warum habt ihr geschrien, deine Mutter und du?«

»Was geht dich das an?«, schoss Ben augenblicklich zurück und erntete einen warnenden Blick von Lea.

»Eigentlich nichts«, sagte Emily. »Aber die Schreierei macht Tony Angst. Wenn das nicht aufhört, wird sie immer wieder weglaufen.«

Ben war rot im Gesicht geworden. Aber was immer es war, das er ihr vermutlich entgegenschleudern wollte, er schluckte es runter. Dann senkte er den Blick und sagte: »Ich hab sie angelogen. Und wenn ich lüge, wird sie wütend. Seit sie ihren Job verloren hat, wird sie überhaupt immer sehr schnell wütend. Und dann werde ich auch wütend. Weil sie keine Ahnung hat und …« Ben schnaufte. »Egal.«

»Nicht egal«, sagte Emily. »Nicht mehr lügen. Nicht mehr schreien.«

»Das ist nicht nur für den Hund ein guter Plan«, sagte Leas Mutter leise.

Ben holte tief Luft. »Es wird nicht mehr geschrien. Ich verspreche es.«

Emily war noch nicht zufrieden. »Sie mag auch nicht,

wenn alle gleichzeitig mit ihr reden und ihr zurufen. Das ist zu viel für sie.«

Ben schluckte. Einmal. Zweimal. »Okay«, sagte er dann.

Emily nickte langsam. »Der Schuppen in eurem Garten«, sagte sie dann. »An der Rückwand fehlt ein Brett. Zwischen Zaun und Schuppen ist es so zugewachsen, dass Tony fast unsichtbar ist.« Emily fühlte sich schrecklich. Wie eine Verräterin.

»Oh«, sagte Ben.

Sie werden die Latte ersetzen, dachte Emily. *Und Tony kann nirgends mehr hin, wenn ihr alles zu viel wird.*

»Ich hab ein Baumhaus«, sagte Ben plötzlich nachdenklich, scheinbar zusammenhanglos. »Und meine Schwester hat eine Lesehöhle unter dem Hochbett.«

Emily nickte. »Ich habe ein *Pssssst!*-Schild an meiner Tür«, sagte sie.

Ben hatte es verstanden.

»Ich habe mein Trampolin«, sagte Lea. Sie hatte es auch verstanden, aber von Lea hatte Emily auch nichts anderes erwartet. Lea hatte schließlich *Antennen.*

»Danke, Emily«, sagte Ben. Es war das erste Mal, dass er sie beim Namen nannte.

»Gern geschehen«, antwortete Emily erleichtert. Ben würde Tony ihr Versteck nicht wegnehmen. Aber mit etwas Glück würde sie es auch nicht mehr so oft brauchen. Schließlich war sie ein Hund und die meisten Hunde waren nicht gern allein.

»Dann geh ich jetzt und sehe dort nach.« Ben hatte die Hand schon an der Türschnalle, doch dann wandte er sich noch mal um.

»Emily, kannst du …« Er starrte auf seine Füße und schluckte. »Würdest du vielleicht mitkommen? Wenn du sie rufst, kommt Tony bestimmt freiwillig …«

»Natürlich«, hörte Emily sich sagen. »Natürlich komme ich.«

Veränderungen

Aus dem Augenwinkel verfolgte Emily ganz genau, wie Ben reagierte, als Tony direkt auf sie zugeschossen kam, nachdem sie sich vor die Tür der Gartenhütte gehockt und leise den Namen des Hundes gerufen hatte. Und es entging ihr nicht, dass auch Lea den Jungen nicht aus den Augen ließ. Und ja, da zuckte etwas über sein Gesicht, das vermutlich Eifersucht war. Vor allem aber schien er froh, dass sein Hund wieder da war und er sich keine Sorgen mehr machen musste.

Sie waren um das Haus herum direkt durch den Garten zum Geräteschuppen gegangen, aber Bens Mutter schien sie durchs Küchenfenster bemerkt zu haben. Denn plötz-

lich stand sie auch da, hockte sich zu Tony und kraulte ihren weißen Bauch.

»Da bist du ja wieder, meine Süße«, murmelte sie.

Ben hatte die ganze Zeit über nicht einmal versucht, Tony zu streicheln, und als seine Mutter jetzt meinte: »Sag doch schnell Anna Bescheid, dass Tony wieder da ist, sie hat so geweint«, da wandte er sich widerspruchslos um und ging in Richtung Haus. Und genau diesen Augenblick wählte Tony, um aufzuspringen und fröhlich wedelnd hinter ihm herzulaufen.

Emily beobachtete zufrieden, wie auch er sich zu dem Hund hockte und ihn kraulte. Sie hatte nicht mehr das Gefühl, Tony verraten zu haben.

Auf die Frage von Bens Mutter, ob sie alle gern ein Glas Limonade hätten, sagte Lea »Ja«, bevor Emily »Nein« sagen konnte, aber auch das war irgendwie okay, denn als alle miteinander in der Küche Limonade tranken, wurde nichts Unnötiges gesprochen, es herrschte eher so etwas wie ein feierliches Schweigen. Es war einer dieser Tage, an denen sich alles ändert, dachte Emily. Sie war Veränderungen gegenüber prinzipiell misstrauisch, aber heute fühlte es sich richtig an.

Als Ben sie später zu Tür brachte, bemerkte Emily im Flur Tonys Schlafplatz neben dem Schuhregal, genau gegenüber der Eingangstür. *Zu laut*, dachte sie. *Zu viel, zu laut.*

In Bens Gesicht arbeitete es und Lea gab ihm einen freundschaftlich aufmunternden Schubs.

»Ich hoffe, ich muss dich nicht vor lauter Dankbarkeit umarmen«, sagte er schließlich zu Emily, ohne den Blick von seinen Turnschuhen zu wenden. »Und eine Rede halten.«

Lea lachte laut auf. »Ich glaube, darauf kann Emily gerade so verzichten.«

»Wir könnten es so machen, dass du mich als Zeichen der Dankbarkeit *nicht* umarmst«, schlug Emily vor.

»Klingt gut«, meinte Ben und grinste. »Aber danke. Wirklich. Und …« Er schluckte schwer und sein Blick wanderte wieder nach unten zu seinen Schuhen.

»Ich war ein ziemlicher Idiot«, sagte er schließlich. »Ich weiß selbst nicht genau, warum. Aber es tut mir echt leid. Das wollte ich noch sagen.«

Emily nickte, was Ben nicht sehen konnte, da seine Turnschuhe offenbar von Sekunde zu Sekunde interessanter wurden.

»Wenn du Tonys Schlafplatz in eine ruhige Ecke verlegst, wo sie nicht dauernd gestört wird, braucht sie vielleicht ihr Versteck nicht mehr«, erwiderte sie. »Das wollte *ich* noch sagen.«

Ben schaute sie nun doch endlich an – verblüfft, aber nicht verärgert.

»Ist gut«, sagte er.

Schweigend gingen Lea und Emily nebeneinander zurück zu Leas Haus.

»Das hatte ich nicht erwartet«, sagte Lea schließlich. »Dass er sich entschuldigt.«

Emily nickte. Und zwar diesmal *richtig,* dachte sie.

»Vielleicht werdet ihr noch Freunde, Ben und du«, überlegte Lea halblaut.

»Ich habe jetzt schon um hundert Prozent mehr Freunde als noch vor einem Jahr«, antwortete Emily.

Lea runzelte die Stirn. »Wie viele Freunde hast du denn?«

Emily sah sie an. »Dich.«

Lea lachte. »Noch ein Freund wäre vielleicht nicht schlecht«, meinte sie. »Falls ich wieder mal krank bin oder so.«

»Vielleicht hast du recht«, meinte Emily nachdenklich. »Daran hab ich noch nicht gedacht.« Nach ein paar Sekunden merkte sie, dass Lea vor sich hin grinste und dabei den Kopf schüttelte. Offenbar hatte Emily also wieder etwas zu wörtlich genommen. Aber das war nicht schlimm.

»Also zu deinem Plan«, sagte Lea, als sie fast wieder bei ihr zu Hause angekommen waren. »Ich schätze, es muss passieren, wenn du bei uns übernachtest, oder?«

Emily zuckte mit den Schultern. »Ja, das liegt auf der Hand.«

Lea lachte erneut. »Und ich dachte, ich hätte eben was richtig Schlaues gesagt.«

»Oh, das tut mir leid.«

Lea blieb stehen und prustete los. »Ich hatte noch nie mit jemandem so viel Spaß wie mit dir«, erklärte sie unter Lachtränen.

Emily blieb auch stehen und betrachtete ihre Freundin, deren braune Locken auch jetzt um ihren Kopf herumwippten, obwohl sie sich gar nicht bewegte.

»Und ich wollte dir noch sagen, dass die Antwort *Ja* ist.«

Lea guckte sie verdutzt an. »Die Antwort auf welche Frage?«

»Ob ich dich vermisst habe.«

Emily hasste es, zu telefonieren. Es war also ein echter Glücksfall, dass es auf dem Brief des Senders eine E-Mail-Adresse gab, über die man wegen des Interviews Kontakt aufnehmen sollte. Es kam nur ein einziger Termin infrage, und das war das Wochenende, an dem Paulus in Italien war, um auf der Hochzeit zu fotografieren. Leas Mutter hatte sofort ihr Einverständnis gegeben, Emily für diese Zeit bei sich aufzunehmen. Paulus' Erleichterung darüber war so groß gewesen, dass Emily ihn tagelang überall im Haus ganz leicht finden konnte, sie musste nur dem fröhlichen Pfeifen nachgehen.

Den Stall und den Koppelzaun für Runa stellte Paulus in dieser Stimmung in Rekordzeit fertig, und Emily und Paulus überlegten, ob man die kleine Stute nun übersiedeln sollte. Doch gerade in den letzten Wochen hatte Runa begonnen, Annäherungsversuche der anderen Pferde zuzulassen und nicht immer nur die abgelegenen Ecken der Koppel zu suchen. Leas blauäugige Scheckstute war von Anfang an das Pferd gewesen, das Runa am ehesten in ihrer Nähe geduldet hatte. Johanna meinte, dass Runa als »halbes« Islandpferd vielleicht die »Verwandtschaft« mit Skella spürte. Oder es daran lag, dass beide Pferde noch nicht so lange in der Herde waren. Lea hingegen war überzeugt, die beiden Pferde hatten sich ihre Freundschaft mit Emily zum Vorbild genommen. Und Emily war einfach nur froh, dass ihr Pferd nicht mehr immer allein dastand.

»Aber wenn Runa und Skella jetzt befreundet sind«, fragte Paulus eines Abends beim Essen, »warum suchst du dann immer noch nach diesem anderen Pferd?« Emily öffnete den Mund, um zu antworten, als Paulus noch hastig hinzufügte: »Oder dem Esel. Wie auch immer.«

»Paulus«, sagte Emily mit einem Seufzer, schob ihren Teller weg und betrachtete ihren Vater. »Sie vermisst Sky doch deshalb nicht weniger. Gerade du solltest das eigentlich verstehen.«

»Sollte ich?«, fragte Paulus verblüfft. Seine Gabel mit den perfekt gerollten Nudeln schwebte in der Luft vor seinem Mund.

»Dass du Evalynne vermisst«, erklärte Emily mit großer Selbstverständlichkeit, »wird auch nicht aufhören, wenn du irgendwann eine andere Frau findest. Das eine hat doch mit dem anderen nichts zu tun.«

Paulus' Mund, der sich eben geöffnet hatte, um die Spaghettigabel einzulassen, klappte wieder zu, und den Rest des Abends sagte er nur sehr wenig.

Als die Antwortmail des Senders, die den Termin bestätigte, in Emilys Posteingang landete, wurde sie von einem Moment zum anderen so unruhig, dass Paulus es merken *musste*. Aber er ordnete ihre Unruhe natürlich völlig falsch zu.

»Em«, sagte er ein paar Tage vor seiner Abreise, nahm ihre Hände, die sich immer wieder ver- und entkrampften, in die seinen und hielt sie fest. »Wenn du doch nicht bei Lea übernachten willst. Wenn ich lieber doch nicht wegfahren soll. Ich habe eine Kollegin, die sofort einspringen würde und …«

»Nein«, unterbrach Emily. »Nein, ich will, dass du fährst. Ich bin nur ein bisschen nervös. Das ist normal, das weißt du doch.«

»Natürlich ist das normal«, sagte Paulus. »Aber falls es zu viel ist …«

»Ist es nicht.« Emily hatte nur diese eine Chance, ihre Suche nach Sky öffentlich zu machen. Tausende Menschen würden dieses Interview sehen. Irgendeiner würde ihr helfen können, davon war sie fest überzeugt. Lea würde sie bestimmt unterstützen. Aber niemand konnte ihr abnehmen, selbst vor die Kameras zu treten, denn die Zuschauer wollten wissen, was aus Emily geworden war, dem Mathegenie, das mit seinen außerordentlichen Fähigkeiten so viel Geld gewonnen hatte. Und deshalb musste sie Paulus gegenüber sehr überzeugend sein. Wenn er nur ansatzweise das Gefühl hatte, sie sei überfordert, oder gar Wind von ihrem Plan bekam, dann würde er bleiben und ihre Chance war dahin.

»Mir geht's gut, Paulus«, sagte Emily also mit fester Stimme. »Und außerdem ist es wichtig, dass ich selbstständiger werde. Kinder wachsen an Herausforderungen. Wenn sie etwas Schwieriges bewältigen, gewinnen sie nämlich an Selbstbewusstsein. Und je mehr Selbstbewusstsein sie haben, desto eher können sie beim nächsten Mal etwas *noch* Schwierigeres bewältigen.«

Paulus lachte. »Ich bin drei Tage weg«, sagte er. »Versuch bitte, deinen Universitätsabschluss erst danach zu machen, ich möchte die Feierlichkeiten nicht verpassen.«

»Paulus«, antwortete Emily nachsichtig. »Ich muss doch erst noch die Schule fertig machen.«

Hauptsache, man hat einen Plan

Donnerstag, 16:48, bei Lea.

Als Paulus sich von seiner Tochter verabschiedete, tat er das mit einem Lächeln, das nicht ganz so fröhlich war, wie es wirken sollte, und ein paar Sorgenfalten mehr auf der Stirn, als ihm bewusst war. Leas Mutter schob ihn schließlich fast mit Gewalt zu seinem Auto. »Wir haben für alles vorgesorgt«, sagte sie zum x-ten Mal, als sie sich nun zum Fahrerfenster beugte. »Emily hat ihre Bettdecke, ihre Bettwäsche, ihr spezielles Kissen, ihre Frühstücksflocken, ihren Lieblingskakao, das Fotoalbum, das sie gern vor dem Schlafengehen ansieht, und wir haben extra unseren Toaster kaputt gemacht, damit sie etwas zum Reparieren hat.«

»Wirklich?«, fragte Paulus erschrocken.

Sanne lachte. »Nein. Aber es trifft sich hervorragend, dass er kaputt ist, findest du nicht? Und es ist bestimmt ein gutes Omen für Emilys Aufenthalt hier. Ein Augenzwinkern des Universums, sozusagen.«

Emily mochte es, wie Sanne redete. Manchmal brauchte

sie ein paar Sekunden, um nachzuvollziehen, was Leas Mutter meinte, aber gleichzeitig entstanden auch Bilder in ihrem Kopf, die von allein nie dahingelangt wären. Es war spannend, ihr zuzuhören. Und Phil, Leas Vater, war auf seine Art auch unterhaltsam, aber nicht aufdringlich. Und natürlich hatten Lea und Sanne ihm eine »Gebrauchsanleitung für Emily« gegeben.

Paulus saß in seinem Auto, als hätte er vergessen, wie es funktionierte, und blickte immer noch sorgenvoll.

»Paulus, entspann dich«, fing Sanne mit ihrer Rede noch einmal von vorn an. »Die drei Tage sind voll durchgeplant.«

Paulus hatte Sanne erklärt, dass es für Emily sehr beruhigend war, zu wissen, was auf sie zukam.

»Emily wird gar nicht dazu kommen, dich zu vermissen«, fuhr Sanne fort. »Und wenn du nicht bald losfährst, kommst du in den Abendverkehr.« Paulus nickte, aber startete immer noch nicht den Wagen. »Außerdem steckst du sie bloß an mit deiner Nervosität.« Sanne hatte diesen Nachsatz halblaut hinzugefügt, aber Emily hatte sehr gute Ohren.

»Jetzt fahr schon, Paulus!«, rief sie von der Treppe. »Du steckst mich bloß an mit deiner Nervosität.«

Da fuhr Emilys Vater endlich wirklich los. Er winkte aus

dem Fahrerfenster, bis er in die nächste Gasse einbiegen musste, und Emily winkte zurück, bis sie ihn nicht mehr sehen konnte. Erst war es nur so eine Art Wellenbewegung in Emilys Bauch, unterhalb des Nabels. Aber dann stieg es höher, verwandelte sich in eine schnell wachsende Leere, da, wo die Rippen sich teilten, in ein schwarzes Loch, das sich nach oben ausdehnte, zu ihrem Herzen, ihrem Hals, und das alles aufsog, bis da nichts mehr war, nichts, keine Luft zum Atmen …

Emilys Hand fuhr an ihren Hals, der plötzlich wie zugeschnürt war, und sie schnappte nach Luft.

»Emily.« Sannes Stimme drang wie durch einen Nebel an ihr Ohr. »Es wäre großartig, wenn du dir mal den Toaster ansehen könntest. Wir brauchen ihn morgen fürs Frühstück. Denkst du, jetzt wäre ein guter Zeitpunkt?«

An den Toaster zu denken statt an Paulus, ließ die Angstflut augenblicklich wieder sinken. Toaster waren nicht ihre Spezialität, so wie Mixer. Aber sie hatte neulich zum ersten Mal einen zerlegt, der auf dem Speicher des Hofes unter einem Haufen Gerümpel aufgetaucht war. Dass sie es nicht geschafft hatte, ihn wieder funktionstüchtig zu machen, lag nur daran, dass der Hebel, mit dem man die Brotscheiben hinunterdrückte, gebrochen war. Hätte Paulus ihr erlaubt, dasselbe Modell noch mal zu bestellen, den Hebel des neuen Toasters auszubauen und den gebrochenen damit zu ersetzen, dann …

»Ja, jetzt wäre ein guter Zeitpunkt«, hörte Emily sich sagen. Während sie hinter Sanne ins Haus zurückging, dachte sie daran, wie es sein würde, wenn Paulus wiederkam. Und dann ging sie im Kopf das Wochenende von Sonntagabend rückwärts durch. Das war ein bisschen wie Schäfchenzählen. Es beruhigte sie, die einzelnen Abschnitte des Plans geistig abzuhaken. Sonntagnachmittag würden sie in den Stall fahren. Davor würden sie zu Mittag essen und Apfel-Zimt-Muffins backen. Davor wahrscheinlich auf Leas Trampolin springen. Davor Hausaufgaben machen. Davor frühstücken. Sie würde in ihrem eigenen Bettzeug auf dem Sofa in Leas Zimmer schlafen.

Samstagnachmittag würden sie ins Kino gehen, davor picknicken, davor in den Stall fahren. Lea ging mit Skella bei einem Gruppenausritt mit, Emily würde sich wie immer auf der Koppel mit Runa »unterhalten«. Davor kam wieder ein Frühstück. Davor einmal schlafen. Und davor Abendessen. Und davor hatten Lea und Emily die Erlaubnis, direkt nach der Schule mit dem Bus in die Stadt zu fahren, um eine Kinderführung im technischen Museum mitzumachen. Nur, dass sie gar nicht bis zum technischen Museum fahren würden. Sie würden am Bahnhof in einen weiteren Bus umsteigen und bis zu dem großen, offenen Gelände am anderen Ende der Stadt fahren, auf dem sich die Studios und Büros des Senders befanden.

Emily atmete tief durch, weil der beruhigende Effekt des Rückwärtszählens sich eben wieder ins Gegenteil zu verkehren drohte.

»Ich hab den Toaster auf den Küchentisch gestellt«, sagte Sanne.

Emily nickte. Die Vorstellung, gleich einen Toaster zerlegen zu dürfen, beruhigte sie ungemein.

*

Freitag, 16:01, auf dem Gelände des Senders.

»Du musst Emily sein«, sagte die junge Frau in schwarzen Jeans und schwarzem T-Shirt, die sie in Empfang nahm. »Ich bin Linda, herzlich willkommen.«

Emily starrte auf Lindas ausgestreckte Hand.

»Ich kann dir bei einigen Dingen helfen«, hatte Lea bei einer ihrer Lagebesprechungen gesagt, »aber manches musst du selber hinkriegen. Denk einfach immer an Runa, wenn es schwierig wird.«

Emily dachte an Runas forschenden Blick, mit dem sie

immer nach Neuigkeiten zu fragen schien, holte tief Luft und schüttelte Lindas Hand. Die sah sich suchend um und fragte: »Seid ihr denn ganz allein da?«

»Meine Mutter hat uns abgesetzt«, sagte Lea schnell. »Sie muss was erledigen. Unsere Väter arbeiten. Es wird ja nicht so lange dauern, oder?«

»Nur ein kurzes Interview«, sagte Linda freundlich. »Wie ausgemacht.« Leas Erklärung schien ihr völlig zu genügen. Zu Emily gewandt, fuhr sie fort: »Ich bringe dich in die Maske und …«

Emilys ganzer Körper wurde augenblicklich steif und sie konnte nicht weiter zuhören. »Die Maske«, das war der Ort, an dem die Luft so dick war, dass man beim Einatmen Haarspray und Puder in seine Lungen beförderte. Der Ort, an dem eine große, dunkelhaarige, ununterbrochen redende Frau ihr im Gesicht rumgefummelt und heiße Wickler in die Haare gedreht hatte. Emilys Versuch, das viele Geld zu gewinnen, hatte beinahe in der »Maske« ein vorzeitiges Ende genommen.

»Emily reagiert überempfindlich auf Haarspray«, sagte Lea eben entschuldigend. »Das kommt von ihrem Asthma. Und auf die meisten Make-up-Produkte ist sie allergisch. Stand alles in der E-Mail.«

»Oh«, sagte Linda überrascht. »Tatsächlich?« Sie warf

einen Blick auf ihr Klemmbrett. »Das hat man mir nicht gesagt.«

»Ausschlag«, erklärte Lea ernsthaft. »Ganz schlimm. Rote Pusteln innerhalb von Minuten.«

Emilys Bewunderung für Lea wuchs von Minute zu Minute. Dasselbe Mädchen, das zu Hause an den einfachsten mathematischen Fragen scheiterte, ließ sich hier durch keine Herausforderung aus der Ruhe bringen. Emily hatte sogar den Eindruck, Lea genoss ihre Rolle in diesem Theaterstück.

Eben seufzte sie, zuckte mit den Schultern und meinte: »Sieht schrecklich aus und juckt höllisch.«

»Das wollen wir bestimmt nicht«, sagte Linda und betrachtete Emily argwöhnisch – als würde sie erwarten, dass die Pusteln jeden Augenblick zu sprießen begannen. »Dann bringe ich euch jetzt zum Studio«, fuhr sie zu Lea gewandt fort.

Es schien ihr nicht aufzufallen, dass Emily selbst noch keinen Ton gesagt hatte.

»Lea!«

Ihr kleines Grüppchen hatte sich kaum in Bewegung gesetzt, als eine überraschte Stimme ertönte. Ein Mann mit breitem Grinsen im Gesicht kam aus einem der langen Gänge auf sie zu.

»Du bist es tatsächlich! Die Lockenmähne erkenne ich doch überall!«

»Tom!« Vor Emilys ungläubigen Augen fiel Lea dem fremden Mann um den Hals. »Wie cool ist das denn?«

Linda mit den Kopfhörern schien nicht weniger verblüfft. »Ihr kennt euch?«

»Ich werde doch die Tochter meines besten Freundes kennen«, meinte der Mann namens Tom mit einem Lächeln.

»Tom ist Kameramann, genau wie mein Dad«, erklärte Lea, zu Emily gewandt.

»Und als diese übereifrige junge Dame ein paar Wochen zu früh das Licht der Welt erblickte …«, Emily zuckte unwillkürlich zusammen, als Toms Hand die Haarmähne ihrer Freundin verstrubbelte, aber Lea schien kein Problem damit zu haben, »… bin ich für Phil eingesprungen, damit er bei der Geburt dabei sein kann.«

Jetzt erst schien Tom auch Emily zu bemerken. »Du bist unsere kleine Gewinnerin, oder? Heute ist dein Follow-up-Interview?«

Emily nickte.

»Emily ist meine Freundin«, erklärte Lea stolz. »Und sie ist ein Genie. Sie hilft mir in Mathe.«

»Dafür ist sie allerdings die Richtige, nach allem, was ich

gehört habe«, meinte Tom und lachte. »Freut mich, dich kennenzulernen, Emily!«

Es schien nicht notwendig zu sein, dem besten Freund von Leas Vater die Hand zu schütteln, deshalb gelang Emily sogar ein Lächeln. »Hallo«, sagte sie.

»Ich nehm die beiden mit«, sagte Tom zu Linda. »Du kannst noch kurz Pause machen, wenn du willst, und dann Jackie aus der Maske holen.« Er rollte mit den Augen. »Mit Gewalt, wenn's sein muss.«

Jackie war die rothaarige Moderatorin mit den dicken Lippen und den langen Fingernägeln. Bis zuletzt hatte Emily gehofft, dass sie heute wie durch ein Wunder nicht dabei sein würde.

Tom schien ein netter Mann zu sein. Er zeigte den Mädchen den Regieraum, in dem schon ein Tontechniker und die Regisseurin saßen. Der Regisseur damals bei Emilys großem Live-Auftritt war ein Mann gewesen, der darauf bestanden hatte, dass sie ein Kleid trug. Die Frau, die heute auf dem Regiestuhl saß, hatte an Emilys Outfit nichts auszusetzen, war ihr also augenblicklich sympathisch. Sie erklärte den Kindern die verschiedenen Arbeitsplätze im Regieraum, die Funktion von Hebeln, Tasten und Monitoren.

Emily war sofort fasziniert. Hier wollte sie sein, in diesem kleinen, dunklen Raum, umgeben von wunderbarer, vorhersehbarer, steuerbarer Technologie! Und nicht vor einer Kamera im grellen Scheinwerferlicht, in den langen, rot lackierten Fängen von Jackie.

Tom besorgte an einem Automaten Getränke für Emily und Lea, dann führte er sie ins Studio, damit Emily sich alles ansehen konnte und nicht nervös werden musste.

Es war kein Vergleich zu dem riesigen, hellen Studio mit den vielen Zuschauern. Dieses Studio hier schien für verschiedene Zwecke genutzt zu werden. Sofas, Tische, Stehpulte, Drehsessel und andere Möbel standen an Wände und in Ecken geschoben. In dem ausgeleuchteten Teil, wo in wenigen Minuten Emilys Interview aufgezeichnet würde, standen zwei giftgrüne Sofas einander auf einem Podest gegenüber. Dazwischen hatte man einen niedrigen Couchtisch gestellt, auf dem eine Flasche Mineralwasser mit zwei Gläsern wartete. *Zwei* Sofas. Emily atmete auf. Im nächsten Moment kam die Moderatorin ins Studio gestöckelt. Ihr rotes Haar war asymmetrisch aufgetürmt und mit Glitzerteilchen bestückt, sodass es an einen dieser künstlichen Weihnachtsbäume erinnerte, die man manchmal in Schaufenstern sehen konnte. Zum Ausgleich für die linkslastige Frisur trug Jackie eine Bluse, die nur rechts einen Ärmel besaß. Die unnatürlich dicken Lippen leuchteten in demselben Orangerot wie die Fingernägel, die sich jetzt in Emilys Schultern krallten und sie an den mächtigen orangefarbenen Busen drückten. »Emily, meine Süße! Du bist ja noch hübscher geworden!«

Ebenso plötzlich, wie sie über Emily hereingebrochen war, ließ sie im nächsten Moment auch wieder von ihr ab und deutete auf das Podest mit den Sofas. »So geht das nicht, das muss viel intimer sein. *Ein* Sofa. Emily und ich sind schließlich alte Freundinnen, nicht wahr, Emily?«

»Emily hat ihre Freundin Lea mitgebracht«, warf Tom,

der Kameramann ein. »Warum setzen wir nicht die Mädels nebeneinander, und du sitzt ihnen gegenüber? Dann bleibt Kamera Eins immer auf dir, Kamera Zwei ist …«

»Tom, Schätzchen«, unterbrach Jackie. »Das kommt überhaupt nicht infrage.« Sie sah Tom mitleidig an. »Emily, das kleine Mädchen, gegen den Rest der Welt. Allein auf der Bühne. Allein im Studio. Das macht den ganzen Reiz aus. Dass sie hier nicht mit Mama oder Papa oder Oma – oder ihrer Schulfreundin – sitzt. Sondern nur mir ganz allein erzählt, was seit ihrem großen Tag passiert ist.«

Die Moderatorin klatschte in die Hände, um sich Aufmerksamkeit zu verschaffen, und stöckelte davon. »Sorry, Lea«, meinte Tom halblaut mit einem bedauernden Schulterzucken. »Es ist ihre Sendung. Sie ist der Boss. Du kannst im Regieraum bleiben, okay?«

Lea nickte. Sie griff nach Emilys Hand und drückte sie kurz und fest. »Du schaffst das«, flüsterte sie. »Wenn es ganz schlimm wird, stell dir vor, sie hat lange, grüne Hasenohren. Damit ist niemand furchterregend.«

Im nächsten Moment war Lea verschwunden, die blonde Linda tauchte von irgendwoher auf und verpasste Emily ein Mikro – eine Prozedur, die sie genau wie beim letzten Mal wie in Trance über sich ergehen ließ. Dann wurde sie auf das Podest und zu ihrem Platz auf dem Sofa geführt und nickte, als jemand sie fragte, ob alles in Ordnung sei. Die Scheinwerfer waren in aller Eile anders eingestellt worden, irgendjemand brüllte »Lichtprobe«. Im nächsten Augenblick schrumpfte das Sofa auf einen Bruchteil seiner Größe, als Jackie sich dicht neben Emily darauf niederließ.

»Du musst nicht nervös sein, Schätzchen«, sagte die Moderatorin und strahlte auf Emily herab, als sie einen nackten Arm um sie legte. »Stell dir einfach vor, wir zwei sind ganz allein auf der Welt und unterhalten uns wie alte Freundinnen.«

Emily stellte sich nicht vor, mit Jackie allein auf der Welt zu sein. Stattdessen stellte sie sich vor, wie lange, grüne Plüschohren hinter dem windschiefen Haarturm der Moderatorin hervorwuchsen. Das half tatsächlich immerhin so weit, dass sie etwas Luft in ihre Lungen lassen konnte. Sie schloss die Augen und dachte an Runa. Der Arm zog sich enger um Emilys Schultern. Eine Schlinge um ihren Hals hätte sich nicht furchtbarer anfühlen können. Wenn das so blieb, würde sie es nicht nur nicht schaffen, ihren Aufruf wegen Sky loszuwerden. Sie würde keine einzige Frage beantworten können. Sie würde zu einem harten, kleinen Ball werden, ihre eigenen Arme um ihren Körper geschlungen, und sie würde zu summen anfangen, um alle anderen Geräusche auszublenden. Vielleicht würde sie sehr laut summen, sodass es mehr wie ein Stöhnen klang.

Und all das vor laufenden Kameras und Tausenden Zuschauern. Emily hatte jetzt nicht nur Panik, sondern Panik davor, in Panik zu verfallen. *Der Plan war so gut*, dachte sie verzweifelt. Der Plan war toll gewesen. Der einzige Fehler in dem Plan war, dass man die *anderen* nicht zwingen konnte, sich daran zu halten.

Nichts als die Wahrheit

»Es ist wieder so weit, wir fragen unsere Gewinner, was ein Jahr danach aus ihnen und ihrem *Big Money* geworden ist. Heute hier bei mir unsere wahrscheinlich hübscheste, möglicherweise klügste und mit Sicherheit jüngste Gewinnerin seit Bestehen …«

»Jackie, Schatz«, kam eine weibliche Stimme aus dem Nirgendwo, freundlich, aber bestimmt. »Wir müssen an der Position was ändern. Deine Persönlichkeit beherrscht wie immer den Schirm …«

In Emilys gestresstem Gehirn entstand ein Bild von Jackie, die einer Heerschar von Regenschirmen Befehle erteilte. Dann sickerte langsam durch, dass wahrscheinlich der *Bild*schirm gemeint war.

»Die Kleine geht dabei unter …«

»Aber das ist Absicht!«, begehrte Jackie auf. »Ich bin ihre mütterliche Freundin, sie vertraut mir und erzählt mir ihre Geheimnisse, so von Mädchen zu Mädchen …«

»Ich muss Close-ups von ihr kriegen«, fuhr die weibliche Stimme fort. »Wenn ich mit Kamera Eins näher gehe, habe ich Emilys Gesicht und deinen Busen drauf. Glaub mir, das sieht nicht mütterlich aus, nur … seltsam.«

Emily dämmerte, dass die magische Stimme aus dem Nichts vermutlich der Regisseurin gehörte, die in ein Mikro im Regieraum sprach.

»Und wenn ich etwas abrücke …?«, fragte Jackie, einen Hauch verunsichert, und gab Emily eine Handbreit Spielraum. Der Arm um ihre Schultern löste sich, doch kaum hatte Emily aufgeatmet, griff Jackie nach Emilys Hand, und das Knie der Moderatorin drückte gegen ihr eigenes.

»Jackie, Schatz, dann bist du von links im Halbprofil, und das ist sehr ungünstig für diese Frisur …«

»Dann setze ich mich eben auf Emilys andere Seite …«

»Dann haben wir die falsche Seite der Bluse *und* du sagst immer, es ist nicht deine Schokoladenseite. Ich persönlich finde zwar, dass du von jeder Seite …«

Aber weitere Argumente der Regisseurin waren nicht nötig, denn bei *nicht deine Schokoladenseite* war Jackie bereits aufgesprungen, und Emily konnte endlich, endlich wieder durchatmen. Die Moderatorin trippelte auf dem Podest auf und ab, wedelte mit den Händen und rief: »Das zweite Sofa muss wieder her! Schnell, schnell, schnell!«

Es dauerte ein paar Minuten, bis das Studio umgebaut war. Das gab Emily Zeit, sich zu erholen und sich die

Worte ins Gedächtnis zu rufen, die sie unbedingt sagen wollte.

Danach schaffte sie es sogar, in Kamera Eins zu lächeln, die Begrüßung zu überstehen und Jackies völlig sinnlose Fragen zu bcantworten.

»Take 1. Action. Jackie.«

»Emily, mein Schatz.« Jackies aufgedunsene Lippen stülpten sich ein bisschen von ihren Zähnen weg. Emily musste an einen Clown denken – sie hasste Clowns –, schaffte es aber, sich nicht angewidert zu schütteln.

»Vor einem Jahr haben wir dich gefragt, was du mit dem vielen Geld anfangen willst, wenn du gewinnst.«

»Schnitt. Hier kommt die Zuspielung.«

Von irgendwo hörte Emily ihre eigene Stimme, die sagte: »Ich will ein Pferd kaufen. Und ein Haus auf dem Land, damit das Pferd bei uns wohnen kann.«

»Take 2.«

»Emily.« Der Clown bleckte erneut die Zähne und Emily war unendlich dankbar für den Couchtisch. »Was hast du denn im letzten Jahr nun wirklich mit dem vielen Geld gemacht?«

»Wir haben ein Pferd gekauft«, sagte Emily. »Und ein Haus auf dem Land, damit das Pferd bei uns wohnen kann.«

»Na, das ist doch wunderbar!«, rief Jackie mit ganz viel falscher Begeisterung.

»Ja«, sagte Emily, nicht ganz sicher, ob eine Antwort von ihr erwartet wurde.

»Aber du hast doch bestimmt auch jede Menge schöne Kleider gekauft!«

»Nein«, sagte Emily. »Ich mag Kleider nicht.«

»Aber bei der Show vor einem Jahr hast du dieses entzückende Kleid getragen!«

»Ja«, sagte Emily.

»Du hast ausgesehen wie eine Puppe!«

»Ja«, sagte Emily. Dass sie Kleider nicht mochte, war beinahe gelogen. Sie *hasste* Kleider.

»Wie eine lebensgroße, blond gelockte, blauäugige, entzückende Puppe!«

»Ich mag keine Puppen«, sagte Emily. Sie mochte Kuscheltiere, weil sie weich und anschmiegsam waren und an echte Tiere erinnerten. Für Puppen mit leblosen Blinkaugen in kitschigen Kleidern hatte sie sich nie begeistern können.

»Oh, eine kleine Rebellin haben wir hier!«, sagte Jackie gerade und lachte ihr künstliches Lachen. »Was macht denn nun ein Mädchen wie du den lieben langen Tag?«

»Ich weiß nicht«, sagte Emily.

Jackie war verwirrt. »Du weißt nicht, was du den ganzen Tag machst?«

»Ich weiß nicht, was ein Mädchen wie ich macht«, erklärte Emily. »Ich kenne sonst kein Mädchen wie mich.«

Jackie warf ihr einen Blick zu, der nicht mehr ganz so mütterlich war wie noch vor ein paar Minuten. Die Maskenbildnerin stand am Rand des Sets, bereit, jederzeit mit ihrer großen Puderquaste den Glanz von Jackies Nase verschwinden zu lassen. Emily glaubte, ihre Mundwinkel zucken zu sehen.

»Nun, Emily«, sagte Jackie, »da du uns nicht verrätst, was du den lieben langen Tag machst, was hältst du denn davon, dass wir dich mit einem Kamerateam besuchen kommen und eine Homestory von dir und deinem Pferd drehen?« Jackie grinste, als hätte sie Emily soeben ein großzügiges Geschenk gemacht. Emily ging die Frage noch einmal in ihrem Kopf durch, um sicherzugehen, dass sie richtig verstanden hatte. Es schien Jackie mit der Antwort zu lange zu dauern, denn sie wiederholte: »Nun, was hältst du davon?«

»Nichts«, sagte Emily.

Die Maskenbildnerin bedeckte ihren Mund mit der Hand, wandte sich ab und krümmte sich, als ob sie Schmerzen hätte. Die Puderquaste fiel ihr aus der Hand. Sie schien es nicht zu merken.

»Ich weiß ja aus eigener Erfahrung, wie es sich anfühlt, wenn man über Nacht berühmt wird«, sagte Jackie und schüttelte ihren Kopf. Offenbar hatte sie vergessen, dass ihr Haar heute nicht offen über die Schultern hing, sondern hochgetürmt war. Der schiefe Turm schwankte bedenklich, aber er hielt. »Ist es nicht toll, wenn man auf der Straße erkannt und von wildfremden Menschen angesprochen wird?«

Emily starrte die Moderatorin einen Moment lang ungläubig an. War auch diese Frage ernst gemeint? Oder war das eine dieser Fragen, die eigentlich das Gegenteil von dem meinten, was die Worte bedeuteten? In Jackies Gesicht gab es keinen Hinweis darauf, also sagte Emily einfach: »Nein.«

Aus dem Augenwinkel nahm Emily wahr, wie die Maskenbildnerin fluchtartig das Studio verließ. Wahrscheinlich wurde sie noch woanders gebraucht. Oder sie hatte Durchfall. Vielleicht bedeutete das auch, dass das Interview zu Ende war?

»Ist das Interview zu Ende?«, fragte Emily, um sicherzugehen.

Jackie warf in einer Geste, die Emily nicht deuten konnte, die Hände in die Luft und rief ebenfalls: »Ist das Interview zu Ende?«

»Wir haben genug Material«, kam die Stimme der Regisseurin erneut aus dem Nichts. »Wir können mit Szenen aus der Show füllen. Und die Interviews sind ohnehin nie genau gleich lang.«

»Darf ich dann noch was sagen?«, fragte Emily die körperlose Stimme. Sie hatte mehr Vertrauen zu ihr als zu Jackie.

»Aber natürlich. Alles, was du willst. Und dann machen wir die Verabschiedung. Bereit, Emily? Kamera läuft.«

Emily war bereit. Für diesen Moment hatte sie zu Hause

vor dem Spiegel geprobt. »Vor einem Jahr ist in dem kleinen Ort Frohndorf eine alte Frau gestorben. Ich weiß nicht, wie sie heißt, aber sie hatte einen Hof voller Tiere. Sie hatte auch ein Pferd und einen Esel. Das Pferd heißt Runa und wir haben es gekauft. Der Esel ist Runas Freund und wir suchen ihn. Für Hinweise wäre ich sehr dankbar. Und Runa auch.«

Emily hatte es geschafft. Noch fühlte es sich irgendwie unwirklich an, aber sie hatte es tatsächlich geschafft.

Wie durch einen Nebel bekam sie mit, dass Jackie sich von den Zuschauern verabschiedete und etwas über die »entzückende, eigenwillige Emily« sagte.

Und dann war alles vorbei. Irgendjemand zeigte ihr den Weg aus dem Studio. Von irgendwo hörte sie Jackies Stimme, die sich darüber beschwerte, wie schwierig es sei, mit Kindern zu arbeiten. Dann war auch schon Lea an ihrer Seite und Tom begleitete sie beide zum Studioausgang. Er hatte ein breites Grinsen im Gesicht. »Respekt, Emily«, sagte er. »Großartig gemacht.«

»Danke«, sagte Emily. »Ich habe bloß auf alles die Wahrheit gesagt.«

»Ja.« Tom lächelte. »Das hat uns allen gut gefallen. Bis auf Jackie vielleicht. Ich hoffe, du findest deinen Esel.«

»Danke«, wiederholte Emily. Dieser Tom war richtig nett.

»Es hat mich gefreut, dich kennenzulernen«, fügte er noch hinzu.

»Danke«, sagte Emily ein drittes Mal. Tom lachte, und Emily hörte Lea sagen: »Sie muss sich erst von dem Interview erholen.«

»Kein Wunder«, meinte Tom. »Tschüs, Leamaus.« Er umarmte Lea, winkte Emily zu, und dann waren die beiden Mädels unterwegs zur Bushaltestelle.

»Ein Glück, dass die Regisseurin so nett war«, sagte Lea. »Ich dachte schon, du kippst um, als diese Jackie dich in den Würgegriff genommen hat.«

»Sie hat keine Antennen«, sagte Emily.

»Sie ist ein Bulldozer«, sagte Lea. »Alle im Studio fürchten sich vor ihr, sogar Tom.«

Emily war erschöpft und einfach nur dankbar, wie ferngesteuert neben ihrer Freundin hertraben zu können. »Er hat gesagt, sie hat sich an dir ihre viel zu weißen Zähne ausgebissen.« Lea sah Emily von der Seite an. »Du hast es geschafft, Emily«, sagte sie. »Ich bin so stolz auf dich.«

»Ich glaube, ich bin auch stolz auf mich«, sagte Emily.

Das Timing war perfekt. Sie schafften es ein paar Minuten vor der verabredeten Zeit zum technischen Museum, wo Sanne sie pünktlich abholte.

»Alles okay mit Emily?«, fragte Leas Mutter besorgt, als Emily sich wortlos nach hinten setzte, sich anschnallte, ihren Kopf gegen das Fenster lehnte und die Augen schloss.

»Alles bestens«, erklärte Lea. »Aber ich muss dir was sagen.«

Die Mädchen hatten von Anfang an ausgemacht, dass sie ihren Eltern reinen Wein einschenken würden, sobald das Interview unter Dach und Fach war. Lea log ihre Eltern sonst nie an – »weil es einfach nicht notwendig ist«, hatte sie achselzuckend gemeint – und für Emily war jede Art von Unwahrheit sowieso schrecklich anstrengend. Sie hatte nur durchgehalten, weil sie überzeugt war, es sei der einzige Weg, Sky zu finden.

Sanne schien nicht besonders böse zu sein, nur besorgt und schuldbewusst, weil Emily unter ihrer Obhut etwas getan hatte, das Paulus um jeden Preis hatte verhindern wollen. Was, wenn sie einen Zusammenbruch gehabt hätte? Was, wenn sie nun wieder wochenlang nicht sprechen wollte? Emily hatte die Augen geschlossen, ihr Kopf lehnte am Autofenster, aber sie hörte zu. Und dabei wurde ihr klar, dass Paulus Leas Eltern einiges über sie erzählt haben musste. Und dass offenbar alle Erwachsenen eine Schwäche für »Was, wenn …«-Sätze hatten.

»Mir geht's gut«, sagte Emily schließlich laut. »Kinder

wachsen an Herausforderungen. Wenn sie etwas Schwieriges bewältigen, gewinnen sie an Selbstbewusstsein. Und je mehr Selbstbewusstsein sie haben, desto eher können sie beim nächsten Mal etwas *noch* Schwierigeres bewältigen.«

»Oh«, sagte Sanne. Emily war ziemlich sicher, noch nie so viel auf einmal zu Leas Mutter gesagt zu haben.

»Ich bin nur müde«, fügte Emily hinzu. »Und es tut mir leid, dass wir dir nicht die Wahrheit sagen konnten.«

»Das tut mir auch leid«, echote Lea. »Aber du hättest uns sonst nicht fahren lassen.«

»Weil Paulus es nicht gewollt hätte.«

»Nur über seine Leiche«, murmelte Emily. Sie war wirklich *sehr* müde.

Eine Weile war es still. »Es ist erschreckend, wie gut du lügen kannst«, sagte Sanne dann.

»Dabei habe ich überhaupt keine Übung«, antwortete Lea, und in ihrer Stimme klang echte Bewunderung für sich selbst durch. »Ich muss ein Naturtalent sein.«

Emily blinzelte durch ihre Wimpern und sah im Rückspiegel, wie es um Sannes Mundwinkel zuckte, als wollte sie eigentlich lachen, es sich aber gleichzeitig nicht erlauben. Emily kam der Gedanke, dass die Maskenbildnerin vielleicht doch keinen Durchfall hatte. Sie schlief mit einem Lächeln auf den Lippen ein.

Überraschungen – solche und solche

Samstag, 14:56, bei Lea, Wohnzimmer.

Der Stallbesuch am Morgen war der einzige Teil des Plans für den nächsten Tag, der eingehalten wurde. Das anschließende Picknick fiel wegen eines Gewitters wortwörtlich ins Wasser. Und der Kinobesuch wurde gestrichen, als Sanne herausfand, dass Emilys *Big-Money*-Interview nicht im Fernsehen ausgestrahlt, sondern online auf der Website des Senders abrufbar sein würde, und zwar schon heute. Emily war still aufgeregt, Lea und Sanne waren laut aufgeregt. Sie warfen einander ständig neue Fragen und Antworten zu, es ging hin und her wie bei einem Ping-Pong-Spiel.

»Was denkst du, wie schnell sich jemand meldet?«

»Bei dem Wetter geht es wahrscheinlich schneller.«

»Was hat das Wetter damit zu tun?«

»Wenn es regnet, sind weniger Leute draußen unterwegs und mehr Leute online.«

»Wird der Sender uns überhaupt Bescheid sagen?«

»Es ist im Internet, die Leute können Kommentare posten!«

Kurz bevor die Aufzeichnung hochgeladen werden sollte, klingelte es an der Tür. Emilys Nerven waren schon so gespannt, dass sie vor Schreck beinahe ihr Glas umstieß. Während Sanne alle Gläser aus der Umgebung des Laptops entfernte und Emily tief durchatmete, lief Lea zur Tür.

»Es ist Ben!«, hörte Emily sie von draußen rufen, und dann: »Komm rein, komm rein, komm rein.«

Bens kleine Schwester hatte Geburtstag und bei ihm zu Hause tummelten sich jede Menge siebenjährige Mädchen. Lea hatte ihm also angeboten, zu ihnen zu flüchten, wenn es ihm – und Tony – zu viel wurde.

»Wohnzimmer!«, rief Sanne.

Der Laptop war auf dem Couchtisch platziert. Lea hockte sich aufs Sofa neben Emily, die immer noch jedes Mal überrascht war, dass ihre Freundin nie vergaß, einen gewissen Abstand zu halten.

Emily hatte die Arme um ihre hochgezogenen Knie geschlungen und starrte auf den dunklen Bildschirm des Laptops. Tony erreichte das Wohnzimmer als Erste. Ohne zu zögern, sprang sie neben Emily aufs Sofa und kuschelte sich an sie. Emilys rechte Hand tastete nach dem Hund und begann, über sein seidenglattes Fell zu streicheln. Augenblicklich wurde sie ruhiger und ließ mit einem tiefen Seufzer auch die zweite Hand sinken.

»Wow«, bemerkte Lea. »Das funktioniert also in beide Richtungen. Cool.«

»Was ist denn bei euch los?«, fragte Ben, als nun auch Sanne sich noch neben Lea aufs Sofa setzte, vorbeugte und den Laptop aktivierte.

»Ein Interview mit Emily«, erklärte Lea, ohne den Blick vom Laptop zu wenden. »Komm her, es geht gleich los.«

Sanne klickte das Video an, und Emily war verblüfft, wie fremd alles aussah, wenn man nicht mittendrin war, sondern sozusagen von außen hineinschaute. Paulus besaß eine DVD von Emilys Showauftritt vor einem Jahr, aber er hatte sie niemals mit ihr angesehen. Seine Angst, Emily könnte wieder in die »Krise« kippen, war zu groß, und Emily selbst hatte auch nie den Wunsch gehabt, ihren Auftritt noch einmal zu erleben. Als sie sich jetzt auf dem grünen Sofa sitzen sah und mit der seltsamen Moderatorin sprechen hörte, löste das nichts in ihr aus als eine milde Überraschung darüber, wie fremd ihre eigene Stimme klang und wie ruhig sie wirkte, wo sie sich doch alles andere als ruhig gefühlt hatte.

Ben und Lea kicherten, als sie Emily sagen hörten, dass sie keine Kleider und keine Puppen mochte. Auch Sanne lächelte. »Du bist einfach ehrlich«, sagte sie zu Emily. »Großartig.«

»Pssst«, machte Lea aufgeregt. »Es wird noch besser!«

»Was macht denn nun ein Mädchen wie du den lieben langen Tag?«, fragte Jackie gerade.

»Ich weiß nicht«, antwortete die Emily im Internet.

»Du weißt nicht, was du den ganzen Tag machst?«

Und Emily antwortete, völlig logisch und auch im Nachhinein absolut zufriedenstellend: *»Ich weiß nicht, was ein Mädchen wie ich macht. Ich kenne sonst kein Mädchen wie mich.«*

Ben prustete los. Er lachte und lachte und kriegte sich gar nicht mehr ein. »Du bist echt der Hammer!«

»Psssst, psssst!«, machte Lea erneut, obwohl sie selbst Lachtränen in den Augen hatte. »Das Beste kommt erst!« Das Beste kam, als Jackie fragte: *»Was hältst du denn davon, dass wir dich mit einem Kamerateam besuchen kommen und eine Homestory von dir und deinem Pferd drehen?«*

Ben und Lea hielten die Luft an.

»Nichts«, antwortete die Emily in dem Video völlig wahrheitsgemäß. Das Gelächter von Ben und Lea kam explosionsartig. Die beiden kugelten auf dem Boden vor Begeisterung.

»Was hältst du davon, dass wir dich besuchen kommen, Emily?«, quietschte Ben, die Stimme der Moderatorin nachäffend.

»*Nichts!*«, gab Lea zurück, und das Gelächter ging von vorn los.

Auch Leas Mutter gluckste in sich hinein und klickte auf »Pause«, bis die beiden sich beruhigt hatten.

»Du bist viel cooler, als ich gedacht habe«, sagte Ben schließlich erschöpft zu Emily, Lachtränen in den Augen. »Tony hatte den richtigen Riecher.«

Sanne ließ das Video weiterlaufen. Es folgte die Frage, ob Emily es toll fand, auf der Straße angesprochen zu werden, was sie erneut mit einem glatten »Nein« beantwortete. Auch diese Antwort löste einen Lachsturm bei Emilys Freunden aus, und es dauerte erneut eine Weile, bis sie sich wieder eingekriegt hatten. Diesmal schenkte Emily ihnen keine Beachtung. Ihre Nervosität stieg wieder an, denn soweit sie sich erinnerte, kam als Nächstes ihre Frage, ob das Interview zu Ende sei. Und *danach* kam das einzig wirklich Wichtige, der Grund, warum sie sich dieser Herausforderung gestellt hatte. Sie hoffte so sehr, dass sie diesen Teil gut gemacht hatte. Dass ganz viele Leute sie sehen und hören würden und dass auf magische Weise bei den Kommentaren unter dem Video die Adresse des Ortes auftauchen würde, an dem Sky zu finden war. Sanne drückte auf den kleinen Pfeil. Die Emily auf dem Video fragte mit Blick nach oben: »*Ist das Interview zu Ende?*« Es folgte Gelächter, von dem Emily nicht sagen konnte, woher es kam, jedenfalls kicherten Lea und Ben ebenfalls, also schien es seine Ordnung damit zu haben. Dann sah man Jackie, die das ganze Bild ausfüllte und sagte: »*Das war ein Wiedersehen mit der jüngsten Gewinnerin in der Geschichte von* Big Money, der entzückenden, wenn auch eigenwilligen Emily. *Ist sie eure Favoritin?* Dann macht mit bei …«

Emily blendete die Stimme von Jackie aus, denn hier stimmte etwas nicht. War das nur eine Unterbrechung? Aber es hatte geklungen, als sei das Interview tatsächlich vorbei. Emily warf einen Blick zu Lea, die mit offenem Mund auf den Laptop starrte. Jackie warf eine Kusshand in die Kamera, dann war das Video zu Ende. Sanne runzelte die Stirn, kontrollierte, ob »Pause« aktiviert war, ging noch mal zurück und ließ das Video schnell vorlaufen.

Ben kriegte von der Verwirrung nichts mit, er hatte ja auch keine Ahnung, dass noch etwas kommen sollte. »Das war echt cool«, wiederholte er, zu Emily gewandt. »Mega. Echt.«

Emily beachtete ihn nicht, sie starrte immer noch ungläubig auf den Laptop.

»Mom«, sagte Lea. »Kannst du Tom anrufen?«

Sanne griff nach ihrem Handy und ging in die Küche.

»Was ist denn los?«, fragte Ben verblüfft, als er mitbekam, dass irgendetwas nicht stimmte. »War doch genial?«

»Das Wichtigste hat gefehlt«, antwortete Lea mit einem besorgten Blick zu Emily.

»Das Wichtigste?«

»Emily hat das Interview nicht zum Spaß gemacht …«

Emily holte eine Lunge voll Luft. »Vor einem Jahr ist in dem kleinen Ort Frohndorf eine alte Frau gestorben«, sagte sie, genauso, wie sie es geübt hatte, genauso, wie sie es im Studio gesagt hatte. »Ich weiß nicht, wie sie heißt, aber sie hatte einen Hof voller Tiere. Sie hatte auch ein Pferd und einen Esel. Das Pferd heißt Runa und wir haben es gekauft. Der Esel ist Runas Freund und wir suchen ihn. Für Hinweise wäre ich sehr dankbar. Und Runa auch.«

Emily verstummte und sah, dass Lea Tränen in den Augen hatte.

Sanne kam zurück ins Wohnzimmer und sagte: »Sie haben es rausgeschnitten. Die Regisseurin wollte es drin lassen. Aber diese Flasche von einer Moderatorin fand, *es passe nicht ins Format*. Und *es würde ablenken*.« Sie verzog das Gesicht. »Von *ihr* wahrscheinlich«, fügte sie ärgerlich hinzu. Dann kam sie zurück zum Sofa und hockte sich vor Emily.

»Emily, Schätzchen, ein Freund von mir ist bei einer großen Tageszeitung, vielleicht kann der …«

»In dem Streichelzoo in Rappolz gibt es einen neuen Esel«,

sagte Ben plötzlich. »Der ist sicher noch kein Jahr da. Wann ist die Frau denn gestorben?«

Lea schaute ihn überrascht an und wischte sich über die Augen. »Runa ist vor einem Dreivierteljahr in den Stall gekommen«, sagte sie. »Kurz vor uns.«

»Wo ist Rappolz?«, fragte Sanne und runzelte die Stirn.

Ben zuckte mit den Schultern. »Nicht so weit«, sagte er. »Richtung Süden. Zwischen Eglits und Frohndorf.«

Frohndorf. Lea hatte Emilys Hand genommen, ohne es zu merken, aber Emily stellte fest, dass es sie nicht störte. Im Gegenteil, es war angenehm, den Druck von Leas Fingern um ihre eigenen zu spüren.

»Mom«, sagte Lea. »Können wir dahin fahren?«

»Nein«, sagte Sanne. »Wir *müssen* dahin fahren.«

»Glaubst du, er ist es?«, fragte Lea leise, als sie losfuhren.

Emily wusste nicht, ob sie *glaubte,* dass sie in dem Streichelzoo gleich Sky begegnen würden, oder ob sie es sich nur so sehr wünschte, dass sie glaubte, es zu glauben. Sie war zu aufgeregt, um zu antworten. Sie seufzte nur. Lea nickte und ließ es gut sein.

Ben saß auf dem Beifahrersitz, Tony zu seinen Füßen.

»Bist du schon öfter in dem Streichelzoo gewesen?«, fragte Sanne ihn.

»Zweimal«, antwortete Ben. »Es ist schön dort, aber …« Er verzog das Gesicht. »Der Mann ist etwas … na ja … eigenartig.«

»Wie eigenartig?«, fragte Sanne und hob die Augenbrauen.

Ben zuckte mit den Schultern. »Er ist ein bisschen wie …« Er stockte, zuckte erneut mit den Schultern.

»Wie wer? Oder wie was?«

»Ihr werdet schon sehen«, murmelte er.

Emily erkannte den Großteil der Strecke wieder, die sie mit Paulus nach Frohndorf gefahren war. Bevor sie den Ort erreichten, bogen sie auf Bens Anweisung Richtung Eglits von der Hauptstraße ab. »STREICHELZOO ALTE MÜHLE«, stand da auf einem alten Schild. Emilys Herz klopfte. *So nahe!*

Nach einer weiteren Abzweigung führte eine holperige, schmale Straße zu einem versteckten Parkplatz, auf dem kein einziges Auto stand. Emily sprang aus dem Wagen, kaum dass er sich nicht mehr bewegte.

»Ist überhaupt geöffnet?«, hörte sie Lea hinter sich fragen.

»Bestimmt«, antwortete ihre Mutter. »Wenn ein Streichelzoo am Wochenende nicht geöffnet hat, wann dann?«

»EINGANG STREICHELZOO«, stand auf einem Schild, daneben deutete ein Pfeil zu einem Holzgatter. »SHOP«, stand auf einem anderen Schild, aber das Verkaufslokal dahinter war dunkel, ebenso der Raum daneben, der mit einem Schild »CAFÉ« gekennzeichnet war. Dahinter steckte eingeklemmt ein weiteres Schild. Der sichtbare Teil der Aufschrift lautete »FE GESUCHT«. Emily wollte weiterlaufen, aber das halb verdeckte Schild ließ es nicht zu. Sie zog es hervor und lehnte es so an ein Fenster, dass man es richtig lesen konnte. »HILFE GESUCHT«.

»Dahinten fließt der Eglitsbach«, hörte sie Bens Stimme. »Das hier war früher eine Mühle, ist aber schon lange her.«

Emily war als Erste am Gatter und öffnete es. Sie lief über den Kiesweg, der zunächst in einen begrünten Hof führte. Hier liefen Hühner und Enten frei umher. Die Enten hatten über eine kleine Treppe direkten Zugang zu dem breiten Bach. Der Hof war nur an zwei Seiten begrenzt, an der dritten, offenen Seite begann der Streichelzoobereich.

Schafe. Ziegen. Kaninchen. Meerschweinchen. Hängebauchschweine. Die Gehege waren großzügig und gut gepflegt. Alpakas gab es auch! Und weiter vorn grasten Ponys auf einer Weide!

Die Tiere schienen zutraulich, sie kamen sofort an den Zaun, doch Emily schenkte ihnen nicht die Aufmerksamkeit, die sie normalerweise von ihr bekommen hätten. Denn da hinten, ganz für sich, stand friedlich grasend ein kleiner grauer Esel.

»Sky.«

Es war kaum mehr als ein Flüstern gewesen, doch der graue Esel am anderen Ende der Koppel hob im selben Augenblick den Kopf und sah zu ihr herüber.

Emily schlüpfte zwischen zwei Zaunlatten durch und ging in einem Halbkreis durch das hohe Gras auf das Eselchen zu. Sie hatte das immer schon so gemacht, ohne darüber nachzudenken. Es fühlte sich einfach richtig an. Nicht so bedrohlich, wie in direkter Linie auf ein Pferd – oder ein anderes Tier – loszumarschieren. Sie starrte dem Esel auch nicht in die Augen, sondern richtete ihren Blick auf sein Hinterteil oder knapp daran vorbei.

Als sie ein paar Meter von den grauen Hinterläufen des Esels entfernt war, setzte er sich in Bewegung und kam auf sie zu. Emily hockte sich hin, wartete geduldig, bis er ganz bei ihr war und sie seine weiche Nase an ihrem Arm spürte. In diesem Moment war sie ganz sicher. Es war der Esel aus ihrem Traum. »Hallo, Sky«, sagte sie leise und lächelte. »Runa schickt mich.«

Die perfekte Lösung

Sie schloss einen Moment die Augen und ließ das Bild ihres Pferdes hinter den Augenlidern lebendig werden. Die Sonne kam hervor und Emily spürte sie auf ihren Wangen und Armen. Als sie ihre Augen wieder öffnete, blickte sie genau in die des kleinen Esels. Seine Ohren bewegten sich, als würde er damit ständig Signale empfangen.

Emily schloss erneut die Augen und ließ ein neues Bild entstehen: Runa und Sky gemeinsam auf der Koppel hinter dem Holzzaun, den Paulus gezimmert hatte.

»Bald«, flüsterte sie. »Ganz bald, versprochen.« Sie stand langsam auf und streichelte mit zwei Fingern über die Nase des Esels. »Ganz bald«, wiederholte sie. Skys Ohren waren ihr jetzt unbeweglich zugewandt. Sie hoffte, dass er alles verstanden hatte.

»Nichts Mitgebrachtes füttern!«

Emily wandte sich ab und sah einen älteren Mann in blauen Arbeitshosen aufgeregt hinter dem Zaun mit den Armen fuchteln. »Nicht füttern!«, rief er erneut. Emily wollte nicht rufen, um Sky nicht zu erschrecken, also hob sie nur die

Hände und drehte sie in der Luft in beide Richtungen, um zu zeigen, dass sie kein Futter dabeihatte. Dann begann sie, langsam über die Koppel zurückzugehen. Nach ein paar Schritten spürte sie, wie samtig zarte Nüstern sie von hinten anschubsten, und wusste, dass Sky ihr folgte. Lächelnd wandte sie sich um: die dunklen, von hellem Fell umrandeten Augen, die hellen Nüstern, die puschelige Stirn …

Ein Ruck ging durch Emilys Körper und beinahe wären ihre Knie unter ihr weggeknickt. Sie erlebte diesen Moment nicht zum ersten Mal. Genau das war in ihrem Traum passiert. Die Grashalme an ihren nackten Armen, der sanfte Druck von Skys Nüstern an ihrer Schulter, der Blick in seinen dunklen Augen, als sie sich umwandte. Emily würde mit niemandem darüber sprechen, aber sie wusste ohne jeden Zweifel: Runa und Evalynne hatten sie hierhergeführt.

»Du hast ihn nicht gefüttert?«, fragte der Mann in normaler Lautstärke, als sie nahe genug war.

»Nein.«

»Warum läuft er dir dann nach?«

Emily zuckte mit den Schultern. Was sollte sie darauf sagen? *Er will sich noch mit mir unterhalten?*

»Er ist sonst nie so zutraulich«, erklärte der Mann beinahe empört, als sei er überzeugt, dass Emily gelogen hatte. »Nicht mal mit den Ponys freundet er sich so richtig an.«

Emily war am Zaun angekommen. Sie streichelte den Hals des kleinen Esels und flüsterte noch einmal: »Bald.« Dann schlüpfte sie wieder zwischen den Latten durch und starrte den Mann an. Sein Gesicht war sonnenverbrannt. Tiefe Furchen gruben sich über seine Stirn und von den Nasenflügeln zu den Mundwinkeln. Sein dichtes graues Haar war so lang, dass er es im Nacken zusammengebunden hatte. Emily musste an einen alten Indianerhäuptling denken, als er ihr so gegenüberstand.

Lea, Ben und Sanne standen nur ein paar Schritte weiter am Gatter und hatten Emilys Begegnung mit dem Esel beobachtet.

»Der Esel ist seit etwa einem Jahr hier«, sagte Emily. Es war keine Frage, sondern eine Feststellung. »Er kommt von einem Hof aus Frohndorf, der einer alten Frau gehörte. Sie ist gestorben und alle ihre Tiere wurden weggegeben.«

»Schon möglich«, sagte der alte Mann. »Und?«

»Er heißt *Sky*«, sagte Emily. Aus dem Augenwinkel nahm sie wahr, wie die Ohren des Esels sich bewegten, als sie seinen Namen sagte. Dem alten Mann war es auch nicht entgangen.

»Er hat auf dem Hof mit einer Stute gestanden, die Runa heißt.« Bei der Erwähnung von Runas Namen bewegten sich Skys Ohren erneut und er gab ein Schnauben von sich.

»Hast du das gesehen?«, flüsterte Lea, und Ben nickte.

Emily holte tief Luft. Dies war schwieriger als im Fernsehen. Aber es musste sein. »Die beiden wollen zusammen sein«, sagte sie. »Sie sind nicht glücklich ohneeinander.«

Der Mann hob die Augenbrauen. »So, so«, sagte er. »Und wer sagt das?«

»Runa«, antwortete Emily, ohne mit der Wimper zu zucken. »Und Sky.«

Der Mann starrte sie an und sagte zunächst kein Wort. Sie hatte damit gerechnet, dass er sie auslachen und ihr erklären würde, Tiere könnten nicht sprechen, oder jedenfalls nicht mit ihr. Aber er starrte sie nur an. Schließlich sagte er doch etwas, nämlich: »Falls du ihn kaufen willst, hast du Pech gehabt. Keines meiner Tiere ist zu verkaufen.«

Emily akzeptierte das und stellte die nächstliegende Frage: »Ist er zu verschenken?«

Emily hörte, wie Leas Mutter scharf einatmete, als sei sie über Emilys Frage erschrocken. Hatte sie etwas Falsches gesagt? Würde der alte Indianer wütend werden? Aber er sagte nur: »Nein.« Dann wandte er sich von ihnen ab und nahm die zwei Eimer mit Futter wieder auf, die er ein paar Schritte entfernt abgestellt hatte. Er öffnete das Schweinegehege, und Emily dachte, er würde den Inhalt der Eimer in den Trog kippen. Stattdessen füllte er ihn liebevoll um, eine Handvoll nach der anderen. Ganz links rote Beete, dann

Melonenschalen mit ziemlich viel rotem Wassermelonenfruchtfleisch daran. Dann Karotten. Dann gelbe, halbierte Äpfel, hellgrüne Salatblätter, dunkelgrüne Gurke. Paulus hatte neulich Emilys Essen auch nach Farben geordnet. Sie hatte sich mit sehr viel Vergnügen durch einen Regenbogen gegessen. Paulus machte das für sie. Aber für wen machte der alte Mann das? Emily wusste, dass Schweine hochintelligent waren, aber ob sie auch einen Gemüseregenbogen zu schätzen wussten?

Sie begann sich umzusehen. Ziegen, Schafe, Pferde, Meerschweinchen, Kaninchen, Alpakas. Z, S, P, M, K, A. Es mochte ein Zufall sein, aber die Gehege schienen alphabetisch geordnet. Die Tränken waren jeweils im selben Abstand und Winkel zu den Trögen und Futterraufen angebracht. Der Rasenstreifen zwischen dem Kiesweg und den Umzäunungen der Gehege war überall genau gleich breit. Es war hier so *ordentlich,* wie es bei so vielen Tieren nur sein konnte. Interessanterweise war der Mann selbst nicht so gepflegt: Sein rot kariertes Hemd unter der blauen Latzhose war falsch zugeknöpft und an einem seiner groben Arbeitsschuhe waren die Senkel offen.

»Kinder«, knurrte er, als er wieder aus dem Schweinegehege kam. »Glauben, dass Tiere Spielsachen sind. Wünschen sich Hunde und Pferde und Katzen und Meerschweinchen. Und dann verlieren sie das Interesse.«

»Nicht alle Kinder sind so«, sagte Sanne. »Und ich würde gern Eintrittskarten kaufen. Drei Kinder, ein Erwachsener.«

»Oh. Richtig.«

Der Indianer schien kein besonders guter Geschäftsmann zu sein. Aber Emily bemerkte, dass die Geldscheine in seinem Portemonnaie fein säuberlich geordnet waren, nicht nur nach dem Wert, sondern auch so, dass Köpfe auf Köpfen zu liegen kamen und Zahlen auf Zahlen. Tony trabte zu dem Mann hin und schmiegte sich an ihn. »Hunde an der Leine halten«, knurrte der Mann und kraulte Tony am Hals, einer ihrer Lieblingsstellen.

»Der Esel«, begann Emily noch einmal. »Sky. Ich will ihn nicht für mich. Aber er und Runa gehören zusammen.«

Der alte Mann blinzelte sie misstrauisch an. »Den Tieren geht es gut bei mir«, sagte der Mann.

»Er wartet auf Runa«, antwortete Emily. »Ohne sie geht es ihm nicht gut. Und ihr nicht ohne ihn.«

Der Mann blickte zwischen ihr und Sky hin und her, der immer noch am Gatter stand, seine Ohren auf Emily gerichtet.

»Der Esel vertraut dir«, sagte er und kratzte sich am Kopf.

»Er wird es schön haben bei uns«, sagte Emily. »Eine große Koppel. Ein Holzzaun. Und Runa wird da sein.«

»Sie könnten sich jederzeit davon überzeugen, dass es ihm gut geht«, schaltete Sanne sich ein.

»Jederzeit«, echote Emily.

»Ich habe noch nie ein Kind getroffen, das so einen starken Draht zu Tieren hat wie Emily«, fuhr Sanne fort. »Sie wusste auf den ersten Blick, was mit unserer Stute nicht in Ordnung war.«

»Emily hat meinen Hund gefunden«, sagte Ben. »Tony mag sie lieber als mich. Dabei ist sie mein Hund.« Zu Emilys Überraschung klang es überhaupt nicht bitter, als Ben das sagte. Tony saß vor dem Mann, sah ihn an und wedelte, als wollte sie Bens Worte bestätigen.

»Emily reitet nicht mal auf Runa«, sagte Lea. »Sie liebt einfach Pferde. Sie versteht sie. Sie ist eine Pferdeflüsterin. Eine echte.«

Der Mann starrte von einem zum anderen, und Emily sah, dass sich Schweißtropfen auf seiner Stirn gebildet hatten. Und dass es hinter dieser Stirn arbeitete.

»Sie könnten ein anderes Tier aufnehmen statt des Esels«, schlug Sanne vor.

»Sie müssen uns glauben«, sagte Lea eindringlich. »Wenn

Emily sagt, dass der Esel und Runa zusammengehören, dann stimmt das.«

Der Mann fuhr sich mit der Hand über die Stirn. »Aber es ist perfekt, wie es ist«, murmelte er.

»Ich hab ja gesagt, er ist eigenartig«, flüsterte Ben, und Lea nickte.

Perfekt. Emily sah sich erneut um. Neben dem kleinen Schuppen waren Futtereimer gestapelt. Vier weiße und vier schwarze standen in exakt gleich hohen Stapeln nebeneinander, alle Henkel auf dieselbe Seite gelegt.

Emily wechselte einen Filter in ihrem Gehirn. Sie sah ihre Brotbox vor sich. Sieben Rosinen, sechs Karottenstücke, fünf Stück Gurke, vier Erdbeeren …

»Gerade jetzt«, murmelte der Mann. »Jetzt, wo es perfekt ist.« Er wandte sich ab und entfernte sich ein paar Schritte von Sanne und den Kindern. Seine Hände auf das Gatter gestützt, blickte er auf die Koppel, wo die vier Ponys und der Esel standen.

Und plötzlich war es ganz klar. Aber um sicherzugehen, zählte Emily nach. Acht Kaninchen. Sieben Meerschweinchen. Fünf Schafe und fünf Ziegen? Nein, hinter der Tränke hatte sich ein Schaf versteckt. Sechs Schafe. Fünf Ziegen. Vier Pferde. Drei Alpakas. Zwei Schweine. Und ein Esel.

»Ich verstehe«, sagte Emily und nickte. Sie erinnerte

sich daran, wie sie Lea die Erdbeere gegeben hatte, obwohl das ihre Ordnung durcheinandergebracht hatte. Es war schmerzhaft gewesen, sich von ihrer Ordnung zu trennen. Nicht sehr schmerzhaft, aber es hatte Überwindung gekostet. Letztlich war ihre Sympathie für Lea stärker gewesen als ihre Liebe zu ihrem System.

Der Mann, der aussah wie ein alter Indianer, liebte seine Tiere. Er würde das tun, was für Sky am besten war.

Emily ging dem Mann nach. »Es ist nicht *ganz* perfekt«, sagte sie, um eine kleine Fliege in seine Suppe zu werfen. »Sky steht bei den Pferden. Alphabetisch müsste er unter *E* stehen. Also ist das ein bisschen geschummelt.«

Der Mann warf ihr einen Blick zu, in dem Verblüffung, Ärger und Erleichterung sich ein Gefecht lieferten. Emily war auf dem richtigen Weg. Sie war sicher, er würde nachgeben, aber wenn sie es ihm leichter machen konnte, dann würde sie das tun. Ihr Gehirn arbeitete auf Hochtouren, auf der Suche nach einem anderen System, das auch ohne Sky funktionierte. Vier Paarhufer, dreizehn Unpaarhufer, acht Hasenartige, sieben Nager … damit kam sie nicht weiter. Wie sah es mit den Farben aus? Weiß, schwarz, braun, fuchsfarben, rosa, mehrfarbig … bestimmt folgte die Streichelzoobesatzung noch einer weiteren Ordnung, die sie nur noch nicht entdeckt hatte …

»Ich hab da noch eine Frage«, kam Bens Stimme von hinten und brachte sie aus dem Konzept. »Das Schild beim Eingang, ›Hilfe gesucht‹. Heißt das, Sie suchen jemanden, der hier arbeitet? Meine Mutter sucht dringend einen Job.«

Der alte Mann brauchte einen Moment, um seine Aufmerksamkeit umzupolen. »Kann sie auch am Wochenende arbeiten?«, fragte er.

»Ja, wenn wir mitkommen können. Meine Schwester und Tony und ich? Wir können auch helfen!«

»Hunde an der Leine«, wiederholte der Mann seinen Satz von vorhin.

»Kinder wahrscheinlich auch«, murmelte Lea hinter vorgehaltener Hand. »Denkst du wirklich, deine Mutter will für den unfreundlichsten Mann der Welt arbeiten?«

Die Unterhaltung unterbrach auch Emilys hektische Suche nach einem neuen System.

Er meint es nicht so unfreundlich, dachte Emily. *Er ist einfach nur ein bisschen … wie ich.*

Und dann lachte sie plötzlich laut auf und alle Augen wanderten verblüfft zu ihr.

»Acht Kaninchen«, sagte sie zu dem Mann. »Sieben Meerschweinchen, sechs Schafe, fünf Ziegen, vier Pferde, drei Alpakas, zwei Schweine.« Sie strahlte ihn an, dann wanderte ihr Blick zu Tony. »Und ein Hund!«

Nach Hause kommen

Die nächsten Stunden waren hektisch. Nachdem die Geburtstagsgäste von Bens kleiner Schwester alle abgeholt waren, kamen seine Mutter und Anna auch zum Streichelzoo.

Der alte Indianer trug den ziemlich unindianischen Namen Erich und erlaubte allen Anwesenden, ihn so zu nennen. Es stellte sich heraus, dass seine Frau zwei Jahre zuvor gestorben war. Sie hatte das Café und den Shop geführt und die Eintrittskarten verkauft. Sie hatte Führungen gemacht und den Kindern gezeigt, wie sie sich den Tieren nähern mussten und was gefüttert werden durfte. Mit anderen Worten, Erich hatte sich um die Tiere gekümmert und sie sich um die Menschen, und das hatte perfekt funktioniert.

»Die Herta konnte mit Menschen«, sagte Erich mit einem Schulterzucken. »Mir sind sie zu anstrengend.«

Bens Mutter nahm den Job sofort an. Sie hatte Erfahrung mit Kindern und mit Tieren, und bis zu Bens Geburt hatte sie ein Café geführt, war also geradezu die Idealbesetzung.

»Wir bringen das hier auf Hochglanz, Erich«, sagte sie mit leuchtenden Augen zu dem alten Indianer. »Wie zu

Hertas Zeiten. Es wird toll, du wirst schon sehen. Ich kann's gar nicht erwarten.«

Als Erich andeutete, dass die Geschäfte schlecht gingen und er sich von seiner Rente keine Vollzeitkraft leisten könne, unterbrach sie ihn gleich wieder und meinte: »Über mein Gehalt reden wir, sobald der Laden läuft.«

Erich wirkte auf eine glückliche Art überfordert und Emily fühlte sich ähnlich. Während die anderen aufgeregt planten und plauderten, zog sie sich auf die Ponykoppel zurück, um sich noch ein bisschen besser mit Sky vertraut zu machen.

Es war schon fast dunkel, als Lea sie abholte.

»Wir haben alles gecheckt«, erzählte sie Emily stolz auf dem Weg zum Auto. »Johanna ist einverstanden, Runa morgen mit ihrem Hänger zu euch zu transportieren. Wir bringen dich am Nachmittag zum Stall, damit du beim Verladen helfen kannst. Inzwischen holen Mom und ich mit unserem Hänger Sky. Dein Dad wird vielleicht Augen machen, wenn er aus Italien kommt!«

»Danke für Sky«, sagte Emily leise, als sie sich von dem alten Indianer verabschiedete. Erich brummte etwas Unverständliches, aber das störte Emily nicht weiter. Er konnte eben nicht mit Menschen.

Sonntag, 15:23, Pferdehof Glockenbach.

Runa hatte sich so heftig dagegen gewehrt, in den Hänger geführt zu werden, dass Johanna schon Max aus dem Wochenende holen wollte, als Emily dazukam.

»Nein«, sagte Emily sofort. »Das kann man mit Max nicht machen.«

Mit verblüfftem Blick steckte Johanna ihr Handy wieder ein. »Ich versteh das nicht«, sagte sie. »Max hat damals erzählt, sie sei widerspruchslos in den Hänger gegangen.«

Emily hatte mehrere Theorien dazu. Dass Runa damals gedacht hatte, sie würde zu Sky gebracht. Dass sie *nun* dachte, Sky würde zu ihr kommen, weil Emily es ihr so oft versprochen hatte. Also wollte sie nicht weg. Diese Theorien mit Johanna zu teilen, hatte nicht viel Sinn, also sagte Emily nur: »Darf ich es mal versuchen?«

Als die Stute in Emilys Nähe augenblicklich ruhig wurde, überließ Johanna ihr den Führstrick. Emily tat einfach nur dasselbe wie tags zuvor bei Sky. Sie schloss die Augen und ließ ein Bild entstehen, von Runa und Sky gemeinsam hinter dem Holzzaun vor ihrem Haus. »Nach Hause«, flüsterte sie. Johanna beobachtete sprachlos, wie Runa sich danach lammfromm von Emily in den Hänger führen ließ.

»Runa und ich«, sagte Emily zu Johanna, »wir sind Freunde.«

»Ja«, sagte Johanna und sah Emily auf eine ganz andere Art an als sonst. »Das ist wohl so.«

Johanna hatte auch die erste Fuhre Heu für Pferd und Esel spendiert, das Gras auf der Koppel stand fett und hoch, und im Stall hatten Lea, Ben und Emily den ganzen Vormittag gearbeitet, um alles gemütlich für die beiden neuen Bewohner zu machen. Auch die beiden Namensschilder, die Emily in Frohndorf gefunden hatte, wurden über dem Eingang an zwei Nägeln aufgehängt.

Aber Runa ignorierte Wasser, Futter, Gras und den Unterstand mit der gemütlichen Einstreu. Wiehernd lief sie hinter dem Zaun auf und ab, bis sie schließlich in der Nähe des Gatters stehen blieb. Und wartete.

»Bald«, sagte Emily mit klopfendem Herzen. »Sie müssen jeden Augenblick hier sein.«

Und dann kamen sie endlich an: Lea, Sanne und Phil mit dem Hänger.

»Kein Halfter?«, fragte Johanna, als Lea und Emily die Tür des Hängers öffneten und der kleine Esel vorsichtig über die Rampe herunterlief. »Kein Strick?«

Emily schüttelte nur den Kopf.

»Komm, Sky«, sagte sie. »Da lang.«

Der Esel schien ihre Stimme sofort wiederzuerkennen und folgte ihr, ohne zu zögern, um den Hänger und das Auto herum. Dann lag die Koppel vor ihm, mit dem hölzernen Zaun. Runa wieherte und begann erneut, aufgeregt auf und ab zu laufen. Sky sah die Stute und gab ein Geräusch von sich, von dem alle anwesenden Erwachsenen später sagten, es habe geklungen wie der Schrei eines kleinen Kindes.

Ben hatte am Gatter gewartet und zog es weit auf. Im nächsten Augenblick trabte Sky los und lief auf die Koppel.

Jeder, der an diesem Nachmittag dabei war, hatte seinen persönlichen Lieblingsmoment. Wie die beiden, Nase an Nase, stillgestanden und einander angesehen hatten. Wie sie gemeinsam wie verrückt herumgaloppiert waren, Runde um Runde über die Koppel. Wie sie sich aneinandergedrängt hatten, Runas Hals über dem Rücken von Sky. Wie sie gemeinsam im Trab und im gemütlichen Schritt ihr neues Reich ausgekundschaftet hatten.

Emilys Lieblingsmoment kam später.

Sanne hatte Paulus angerufen und ihn gebeten, direkt nach Hause zu kommen, sie würden hier auf ihn warten. Als er endlich ankam, ging die Sonne gerade unter, und nur noch Lea und Emily standen am Zaun und beobachteten den Eselhengst und die Stute dabei, wie sie entspannt grasten. Immer wieder schubste Runa den Esel liebevoll und Sky knabberte ein bisschen an ihrem Hals. Es schien, als würden die beiden das tun, um sicherzugehen, dass der jeweils andere auch wirklich da war. Die Mädchen waren so versunken in die Szene, dass sie gar nicht mitbekamen, wie Paulus' Auto vorfuhr. Sanne und Phil hatten ihn in Empfang genommen und schon die Kurzfassung der ganzen Geschichte erzählt, als Paulus' Stimme endlich in Emilys Bewusstsein drang. Sie lief auf ihn zu, nicht viel anders als zuvor Sky auf Runa, und er fing sie auf, drückte sie an sich und ließ sie lange, lange nicht mehr los. Lea und ihre Eltern verabschiedeten sich rasch und ließen die beiden allein.

Während die allerletzten Sonnenstrahlen einen rötlichen Schimmer auf die Koppel zauberten, saßen Emily und ihr Vater nebeneinander auf dem Gatter und erzählten, was alles geschehen war. Paulus berichtete von der Hochzeit in einem Olivenhain, von einer großen, U-förmigen Tafel vor einer uralten italienischen Villa, von der wunderschönen Braut und davon, dass eine riesige Heuschrecke während der Zeremonie ihn so sehr abgelenkt hatte, dass er beinahe vergessen hätte, das Brautpaar zu fotografieren. Emily meinte, es sei schade, dass er nicht die Heuschrecke fotografiert hatte. Und dann erzählte sie: Wie Max sie auf eine

Idee gebracht und sie den Brief des Senders aus dem Müll geholt hatte. Von dem Interview und Jackies schiefer Frisur. Davon, dass der wichtigste Teil rausgeschnitten wurde und wie Ben sie auf Skys Spur gebracht hatte. Von Erich, dem Indianer, und dass er ein bisschen wie sie selbst war. Von der perfekten Lösung für alle, die sich ergeben hatte. Und schließlich von Runa und Sky.

Und dann erzählte Paulus etwas, das er sich für den Schluss aufgehoben hatte. »Ich habe mit etwas Mühe die E-Mail-Adresse des Tierarztes rausgekriegt, der den Hof der alten Frau in Frohndorf betreut hat. Du weißt schon, der nach Florida gezogen ist. Ich hatte ihm schon vor meiner Abreise geschrieben und gestern hab ich Antwort gekriegt.« Paulus machte eine Pause. Es war schon fast dunkel, und Emily konnte sein Gesicht nicht mehr so genau sehen, aber seine Stimme klang … irgendwie wackelig.

»Er hat mir die ganze Geschichte erzählt. Runa wurde von der alten Frau vor ein paar Jahren einem Wanderzirkus abgekauft. Das Pferd schien krank zu sein und die Zirkusleute konnten sich keinen Tierarzt leisten. Es stellte sich raus, dass Runa krank *und* trächtig war. Ihr Fohlen wurde tot geboren und Runa war schrecklich verwirrt und traurig. Genau da hörte der Tierarzt von einem neugeborenen Eselfohlen, dessen Mutter gestorben war.« Paulus machte eine Pause, schniefte und redete erst weiter, als er seine Stimme wieder unter Kontrolle hatte.

»Um es kurz zu machen, Runa nahm das Eselbaby anstelle ihres Fohlens an.«

Paulus fuhr sich mit der Hand über die Augen. »Der Tierarzt war empört, als er gehört hat, man habe die beiden getrennt. Ich musste ihm versprechen, sie wieder zusammenzubringen, und ich habe ihm gesagt, das müsste ich schon für meine Tochter tun.«

»Als man sie getrennt hat, hat man also nicht nur beste Freunde getrennt«, sagte Emily, die erst langsam begriff, was Paulus ihr eben erzählt hatte, »sondern Mutter und Kind?«

»Genau«, sagte Paulus und gab es auf, seine Stimme kontrollieren zu wollen. »Und weißt du was, Emily? Jetzt glaube ich auch, dass Evalynne dich besucht hat. Um sich mit dir über Runa zu freuen. Und um dir den Weg zu Sky zu zeigen, damit er und seine Mutter wieder zusammen sein können.«

Und das war Emilys Lieblingsmoment.

Noch später, als die Sonne schon lange untergegangen war, Paulus und Emily einander so ziemlich alles erzählt hatten, Emily endlich im Bett lag – es war herrlich, nach drei Nächten auswärts wieder in ihrem eigenen Bett zu liegen, umgeben von ihren eigenen Dingen – und Paulus sich über sie beugte, um Gute Nacht zu sagen, fiel ihr noch etwas ein.

»Erich hat junge Enten«, sagte sie. »Und weil wir doch den kleinen Teich haben, hat er gefragt, ob wir nicht ein Entenpärchen nehmen wollen. Du könntest ihnen ein Haus bauen, damit der Fuchs sie nicht holt. Und sie könnten die Schnecken fressen, damit die Schnecken nicht deinen Salat fressen.«

»Enten also«, sagte Paulus und seufzte. »Wenn das so weitergeht, haben wir hier auch bald so was wie einen Streichelzoo.«

»Ja«, murmelte Emily. »Das stimmt.«

Sie lächelte, als sie einschlief.